KB077528

FUSION FANTASTIC STORY

MONSTER HOLE

킹메이커 장편 소설

몬스터 홀

몬스터 홀 4

킹메이커 장편 소설

초판 1쇄 찍은 날 § 2015년 1월 6일
초판 1쇄 펴낸 날 § 2015년 1월 13일

지은이 § 킹메이커
펴낸이 § 서경석

편집부장 § 권태완
편집책임 § 한준만

펴낸곳 § 도서출판 청어람
등록번호 § 제387-1999-000006호
등록일자 § 1999. 5. 31
어람번호 § 제1-2021호

주소 § 경기도 부천시 원미구 부일로 483번길 40 서경B/D 3F (우) 420-822
전화 § 032-656-4452 팩스 § 032-656-4453
http://www.chungeoram.com
E-mail § chungeorambook@daum.net

ISBN 979-11-04-90052-5 04810
ISBN 979-11-316-9279-0 (세트)

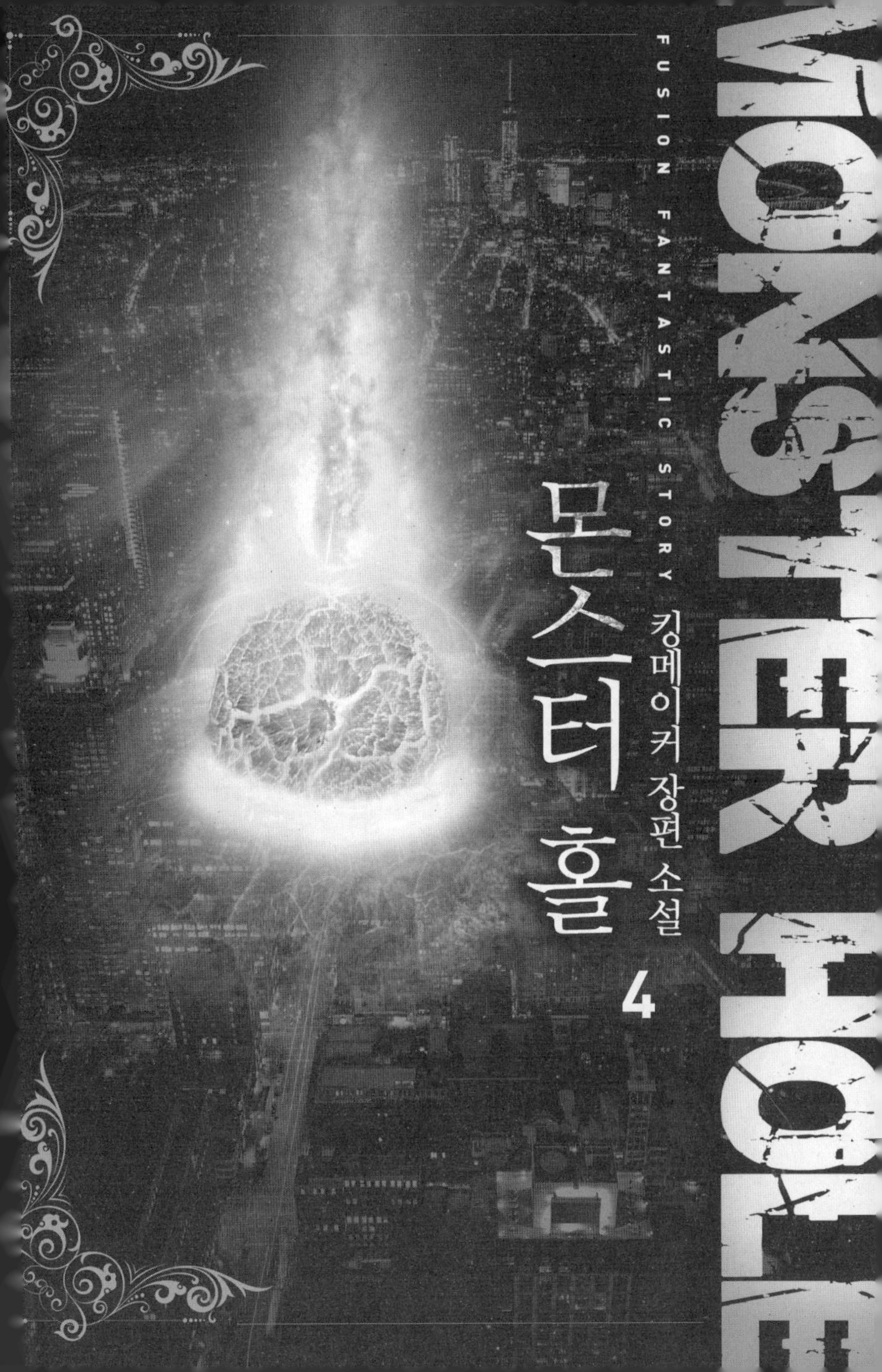
MONSTER HOLE
FUSION FANTASTIC STORY
몬스터 홀
킹메이커 장편 소설
4

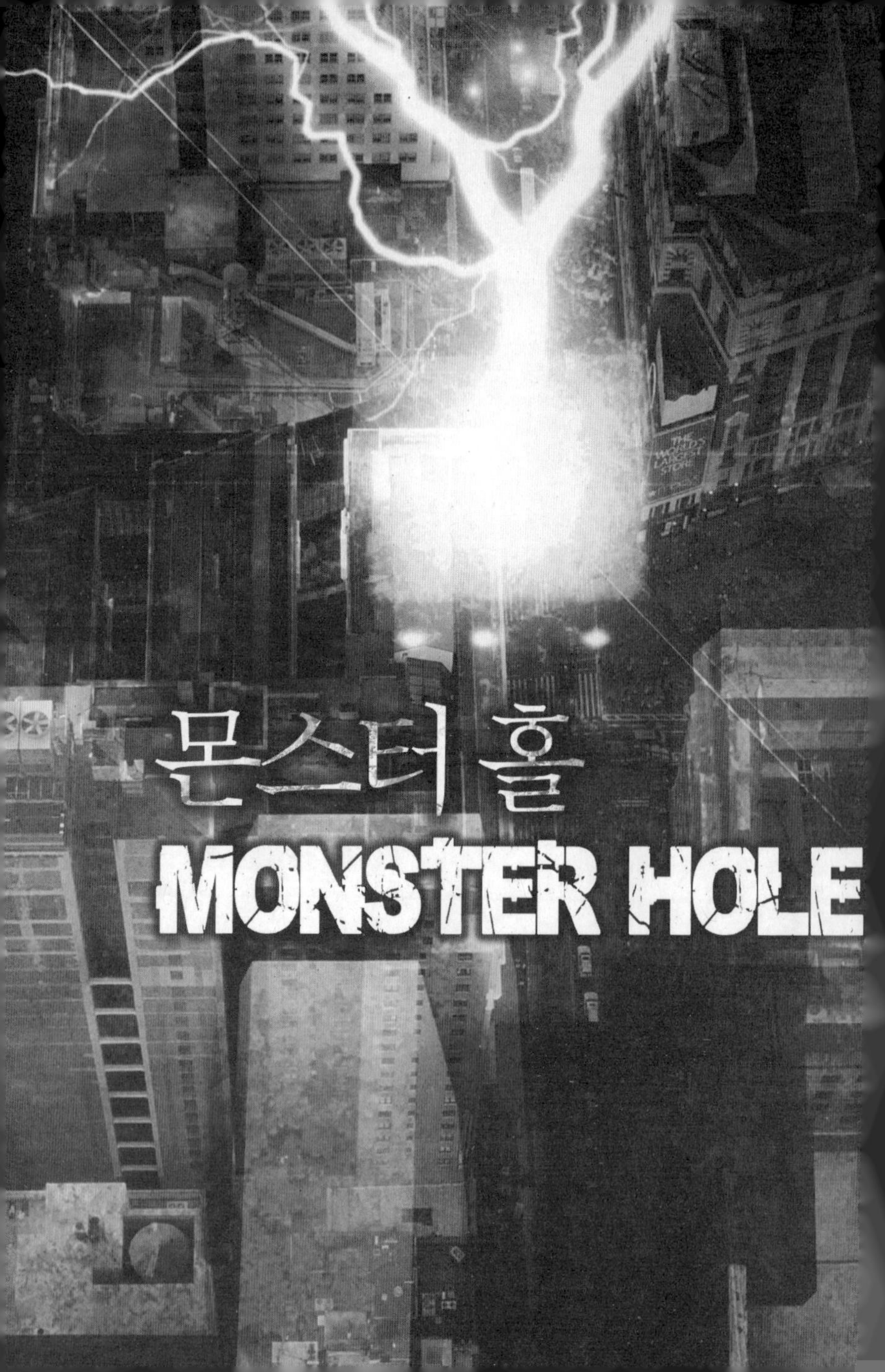
THE WORLD'S LARGEST STORE
몬스터 홀
MONSTER HOLE

CONTENTS

제1장
성장 Ⅰ

MONSTER
HOLE

성준은 멍하니 하늘을 바라보았다. 몸은 고통에 경련을 일으키고 있었는데, 정신은 어디인가 먼 곳을 여행하는 느낌이었다.

이곳은 저녁 무렵인 듯했다. 성준이 바라보고 있는 하늘의 한쪽은 붉게 물들어 있고 다른 쪽은 하늘색이 검어지고 있었다.

성준이 보고 있는 하늘에 눈물을 뚝뚝 흘리고 있는 하은의 얼굴이 나타났다. 하은이 성준의 몸을 잡고 능력을 쓰려고 했다.

"잠, 잠깐만. 영기회복석이 없잖아. 영기가 고갈되면 위험해."

성준은 하은을 말리려다가 말이 잘 안 나와 더듬거렸다.

"걱정 말아요. 다들 비상용으로 가지고 있는 영기회복석을 모두 모았어요. 오빠를 치료할 정도는 돼요."

하은은 바로 성준에게 치료 능력을 사용했다. 하은의 손에서 빛이 뿜어져 나오자 성준은 고통이 사라지는 것이 느껴졌다. 그렇게 성준을 치료하고 나서 하은은 일행에게 받아온 영기회복석을 먹기 시작했다.

성준은 온몸의 상처가 다 사라진 것을 느꼈다. 팔을 들어보니 금이 갔던 팔도 잘 움직였다. 성준은 몸을 일으키려고 했다.

성준은 손으로 땅을 짚고 몸을 일으키다가 푹 쓰러졌다.

'역시 상처만 치료되는 모양이군.'

성준은 엎어져서 보스와의 전투를 생각했다. 수리와 일행의 도움 등 많은 일이 있었지만 자신의 능력 사용이 한발 더 진보한 것 같았다.

감각의 활성화 방식과 고속 저중력 이동의 활용 방식, 그리고 허공 도약의 다양한 활용 등 전체적으로 모두 진보한 상황이었다.

하지만 이 모든 것은 양날의 검이었다. 육체와 정신이 새로운 능력을 사용하는데 감당할 수가 없었다. 지금도 성준은 머리 한쪽이 비어 있는 느낌으로 반쯤 멍한 정신 상태였다.

성준이 쓰러지자 하은이 놀라서 성준을 붙잡았다. 성준은 하은에게 괜찮다고 이야기했다.

"무리해서 그래. 푹 쉬면 괜찮아질 거야."

성준은 하은에게 말하고 그대로 잠이 들었다.

귀환자 조합 일행은 구로 몬스터홀이 있던 그 자리에 다시 나타났다. 몬스터홀이 빛과 함께 무너져 메워진 푹 파인 구덩이에 성준 일행이 나타난 것이다.

하은의 치료를 받고 성준이 그대로 잠들자 보람이 나서서 일행을 지휘했다.

보람은 놀란 표정으로 일행을 바라보고 있는 군인의 핸드폰을 빌려 기다리고 있는 운전기사와 조 단장에게 전화를 했다.

조 단장은 깜짝 놀라며 본인이 나중에 전화하겠다고 하고 먼저 전화를 끊었다. 지금부터 처리할 일이 많은 모양이었다.

다행히 운전기사는 자리를 지키고 있었다. 일행은 모두 버스에 타고 우선 조합 사무실로 움직였다. 다들 오늘은 너무 늦었으니 이번에 구한 회사 오피스텔에서 쉬기로 했다.

일행 중 여성은 여고생들 오피스텔과 조합 사무실 간부 숙소에서 자고 남자는 비어 있는 오피스텔에서 자기로 했다. 성준은 남성들이 성준의 오피스텔로 옮겨주었다.

그리고 일행은 모두 피곤해서 숙소에 도착하자마자 바로 잠들어 버렸다.

*   *   *

조합원 일행이 모두 잠들어 있을 때, 신문과 방송은 그야말로 난리가 났다.

한국에서 벌써 두 번째 몬스터홀이 제거된 것이다.

미국의 최초 몬스터홀 제거팀이 일본에서 전멸하고, 중국의 몬스터홀 제거팀은 겨우 한 명만이 살아남은 상황이었다. 누구도 한국에서 이렇게 빨리 다음 몬스터홀이 제거될 줄은 예상하지 못한 것이다.

저녁 식사도 못하고 청와대에 불려온 조 단장은 한숨을 내쉬었다. 지난 몇 시간 동안 미친 듯이 움직여서 겨우 귀환자조합 사람들과 그 가족 주변에 인원을 배치하고 언론을 확인한 후 급한 불은 껐다고 생각했다.

그런데 이렇게 저녁 늦게 청와대로 불려온 상황이다.

몬스터홀 귀환자들을 맡은 후 집에 들어가 본 적이 있는지 기억이 나지 않았다. 조 단장은 속으로 투덜거리면서 경호원이 열어주는 문으로 대통령 집무실로 들어갔다.

대통령 집무실은 좀비 반에 시체 반이었다. 집에 좀 못 들어갔다고 뭐라고 할 상황이 아니었다.

여기 모여 있는 일행은 며칠 밤낮도 없이 몬스터홀 민간 참여 문제로 일하고 있었다. 겨우 마무리가 될 것 같아 한숨을 돌리고 있는데 임시로 보낸 귀환자 조합이 몬스터홀을 없앤 것이다.

조 단장은 대통령이 가리키는 빈자리에 착석했다.

"우선 어떻게 된 일인지 보고를 부탁드립니다."

대통령의 말에 조 단장은 속으로 욕을 했다. 겨우 전화 한 통 받고 정신없이 움직인 자신에게 무슨 보고할 내용이 있겠는가? 청와대로 오면서 전화해 잠들어 있던 보람을 깨워 이야기를 듣지 않았으면 큰일 날 뻔했다.

"오늘 6시 20분 귀환자 조합이 구로 몬스터홀의 보스를 격파해 구로 몬스터홀이 사라졌습니다. 귀환자 조합은 사상자 없이 모두 무사히 돌아왔습니다."

사상자가 없다는 말에 모두 웅성거리기 시작했다. 유지하는 것만 해도 매번 30%의 사망자를 내고 있는 판에 그 위험하다는 몬스터홀을 제거하면서 한 명도 사망자가 없다는 것에 놀란 것이다.

"도대체 무슨 방법을 쓰고 있는 겁니까? 생존률을 높일 방법이 있으면 그 방법을 다른 곳에도 알려줘야 할 것 아닙니까?"

조 단장의 말에 바로 성질을 내는 사람은 국방부장관이었다. 군인들의 사망으로 결국 민간이 무기를 들게 만든 상황이다. 속에서 불이 나고 있는 상황에 조 단장의 이야기는 기름을 뿌리는 격이었다.

조 단장은 할 말이 없어서 자신의 상관을 바라보았다.

국정원장이 나서서 대답했다.

"저번에 한 번 말씀드렸습니다. 귀환자 조합은 지금의 인원이 되기 전에 사망률이 60% 이상이었습니다. 몬스터들을 피하지 않고 싸워 일행이 강해진 것이지요. 그때 우리가 양쪽의 방법을 저울질하다가 회피 방식으로 결정한 것입니다."

"크흑. 그때는 이 사람들이 강해진다는 보장도 없었고 강해진 것이 도움이 될 것이라는 보장도 없지 않았습니까?

국정원장의 말에 국방부장관은 떨떠름하게 대꾸했다. 그러자 국정원장은 어깨를 으쓱했다.

"자자, 그 문제는 나중에 다시 이야기하고, 우선 이쪽 문제부터 처리합시다."

대통령은 다시 이야기의 방향을 돌렸다.

"지금 문제는 두 가지예요. 내일 발표할 몬스터홀 민간 참여에 이번 몬스터홀 제거가 어떤 영향을 미칠 것이며, 이것을 어떻게 활용하느냐 하는 문제하고요; 하나는 몬스터홀을 제거한 이 귀환자 조합에 관한 문제입니다."

옆에 있던 비서실장이 까치집이 된 머리를 만지며 이야기했다.

"앞의 부분은 오히려 좋은 효과를 낼 수 있을 것 같습니다. 몬스터홀의 위험도를 더 낮게 보이게 만들 수 있고, 사람들의 영웅 심리를 이용할 수도 있을 겁니다."

비서실장의 말에 대통령은 한숨을 내쉬었다.

"아무나 참여하지 못하게 자격을 더 까다롭게 해야겠군요."

대통령의 말에 고개를 끄덕인 비서실장이 이야기했다.

"그리고 내일 한국이 세계에서 가장 빨리 몬스터홀을 제거하고 있다고 발표하고 행사에 연계시키면 될 것 같습니다. 그리고 이번 기회에 그 귀환자 조합을 대중에게 공개하는 것이 어떻겠습니까? 엄청난 홍보 효과가 있을 것 같은데요."

그 말에 조 단장이 벌떡 일어서서 뭐라 말하려고 하는데 국정원장이 조 단장을 막았다. 조 단장 대신 국정원장이 비서실장에게 이야기했다.

"저희 정보원에서 귀환자 조합에 대한 정보의 공개와 비공

개로 시뮬레이션을 해보았습니다. 그리고 현재의 비공개 방식을 유지하는 쪽으로 대통령님께 보고드린 상황입니다. 그 시뮬레이션에 의하면 지금 정보를 공개하면 그 여파를 감당할 수가 없습니다."

국정원장이 기획조절실장에게 눈길을 주었다.

"현재 국내에서 한국 역사상 가장 큰 첩보전이 벌어지고 있습니다. 비공식적으로 추방당한 외교관이 스무 명이 넘고 실종된 외국인이 열 명이 넘습니다. 저희 요원도 상당수가 실종되었습니다."

국정원에서는 사망과 실종이 같은 이야기였다. 기획조정실장이 계속 이야기했다.

"이미 암암리에 그 귀환자들에 대한 정보는 노출되었습니다. 만약 저희가 공식적으로 공개하면 다른 나라들도 공식적으로 접근할 것입니다."

실장이 이야기를 마무리했다.

"공식적으로 귀환자 일행에게 접근하면 저희의 국력으로는 막을 방법이 없습니다."

국정원장이 말을 받았다.

"아마 유엔으로 넘겨서 국제적으로 관리하자는 이야기까지 나올지 모릅니다. 어떻게 하든지 비밀은 유지해야 합니다. 제일 좋은 방법은 하루빨리 몬스터홀을 제거할 수 있는 사람이 느는 것입니다."

"답이 없군요. 혹시 조 단장, 귀환자 조합이 앞으로도 이런 속도로 몬스터홀을 제거할 수 있다고 합니까? 그렇다면 민간 참여도 줄일 수 있을 것 같은데."

조 단장은 대통령의 말에 부정적으로 대답했다.

"이번에 거의 전멸할 뻔했다고 합니다. 지금 조합에서 제일 강한 조합장이 쓰러져 버렸다고 합니다. 아마 얼마간 보스 존은 들어가지 않을 것 같습니다."

대통령은 조 단장에 말에 고개를 끄덕였다.

"그럼 결정합시다. 내일 발표할 몬스터홀 민간 참여는 원안대로 진행하고, 귀환자 정보는 통제하는 상태로 계속 국정원에서 담당하고요, 새로운 정보가 있으면 바로 알려주기 바랍니다."

조 단장은 대통령의 말에 한숨을 내쉬었다. 이런 상태로는 도대체 언제 퇴근이 가능할지 알 수가 없었다.

* * *

성준이 눈을 뜨자 자신의 오피스텔 천장이 보였다. 누군가 자신을 이곳으로 옮긴 모양이다.

천천히 몸을 일으켰다. 다행히 움직이는 데 문제는 없었다. 정신도 멀쩡하고 두통도 없었다. 잠시 눈을 들어 감각을 활성화해 보았다.

성준의 머리에 방 안의 구조와 상태가 사진처럼 찍혔다. 도청 장치 같은 것은 없었다. 대신 청소가 필요했다.

능력도 돌아온 상태였다. 성준은 한숨을 내쉬고 침대에서 일어났다. 그리고 목욕과 식사를 하기 위해 움직였다.

성준은 한참 뒤 깔끔한 모습으로 한 손에 커피를 들고 거실 소파에 앉았다. 시간을 확인하니 벌써 오후였다. 거의 20시간 가까이 잔 모양이다.

성준은 전화를 확인했다. 어제저녁 이후로 부재중 수신이 폭주했다. 성준은 우선 가족에게 전화했다.

성준이 지연에게 전화를 걸자 바로 지연의 고함이 핸드폰에서 터져 나왔다.

─오빠지?!

"엉."

성준은 맥없이 지연에게 대답했다.

"비밀인 것은 알지?"

성준의 말에 핸드폰에서 신음 소리가 들렸다.

─크으……! 말하고 싶다.

"기다려 봐. 언제까지 비밀로 할 수는 없으니까 좀 지나면 알려질 거야. 오히려 알려지면 엄청 불편해질걸?"

—응, 그렇겠다. 아무튼 고생했어. 언제 집에 올 거야?

성준은 고민스러웠다. 새로운 동반자가 생겼는데 가족에게 알릴 수 있는 상황이 아니었다. 오해할 것이 분명하니 나중에 알리기로 했다.

성준은 바빠서 나중에 가겠다고 이야기하고 전화를 끊었다. 그리고 부모님께도 안부를 전하고 김 회장에게 전화해서 내일 만날 약속을 잡았다.

성준은 다른 전화는 모두 무시하고 조 단장에게 전화를 걸었다.

—일어나셨군요. 보람 씨에게 이야기 들었습니다.

성준은 이야기가 편하게 되었다고 생각했다.

"제가 급하게 알아야 할 일이 있나요?"

—전에 말씀드린 몬스터홀 민간 참여가 오늘 발표되었습니다. 큰 건은 이 정도이고 나머지는 제가 찾아가겠습니다.

"네. 저도 말씀드릴 것이 있으니 내일 만나서 이야기해 드리겠습니다."

성준은 어떤 방식이든 수리와 수리가 준 정보를 정부에 전달해야겠다고 생각했다.

이제 문명의 후퇴가 문제가 아닌 인류의 멸망이 문제였다.

성준은 전화를 마친 후 자신의 팔목을 확인했다.

―검투사 정보.

　―영기 레벨 3.

　―영기 성장치 15.

　―영기 113.

　―영기분석 레벨 2, 고속 저중력 이동 레벨 2, 허공 도약 레벨 1.

　―가디언 1레벨.

　―영기화된 컴파운드 쇠뇌, 영기화된 발렌 제국 제식장검―각성.

　―영기보석 전기 레벨 1(×3), 영기보석 정보 교환 레벨 1, 영기보석 포격 레벨 3.

　―영기 능력치 175.

　최초의 보스 몬스터를 잡고 나왔을 때보다 능력치가 더 적게 올라갔다. 성준은 한숨을 내쉬었다.

　셋이 나누어 먹은 모양이었다. 성준은 자신의 검을 소환해 보았다.

　―발렌 제국 제식장검―각성.

　―영기 레벨 2.

―영기 성장치 100.

―영기 199.

―절단강화 레벨1, 독날 생성 레벨 1.

―코어 보석에 의해 각성된 검.

―영기 능력치 230.

이 녀석도 2레벨 100이었다. 전에 보았을 때 성장치 값을 생각해 보니 보스한테서는 거의 흡수를 안 한 것 같았다. 아마 성준을 빼면 성장치가 제일 높은 것이 이 검일 것이다.

다음에 2레벨 구슬을 주우면 성준이 잡지 않도록 조심해야 할 것 같았다. 실수로 성준이 잡으면 분명히 이 검이 먹어버릴 것이 분명했다.

성준은 다시 검을 집어넣고 팔목을 확인했다. 팔목에는 검사의 상반신이 그려진 가디언 마크가 보였다. 가디언 마크를 한 번 쓰다듬었다.

성준은 잠시 눈을 감고 생각을 하다가 손을 앞으로 뻗었다. 오피스텔의 거실 가운데 검은 연기가 만들어졌다. 검은 연기는 곧 눈을 감은 아름다운 여성의 모습으로 변했다.

그녀의 복장은 던전에서 입던 그대로였다. 검은 긴 생머리와 갈색 가죽 갑옷은 잘 어울렸지만, 이 옷으로 돌아다닐 수는 없을 것 같았다.

수리는 감았던 눈을 떴다. 눈을 뜬 수리는 앞에 앉아 있는 성준을 보더니 먼저 인사를 했다.

"부르셨습니까? 주인님."

성준은 머리를 감싸 쥐었다. 생각보다 문제가 많았다.

이 여성을 몬스터홀에 들어갔을 때만 부르자니 미안했고 이렇게 나와 있자니 생김새야 외국인이라고 우기면 되지만 말투도 이상하고 행동도 특이하니 걱정이 되었다.

성준은 우선 수리를 영기분석으로 확인했다.

—가디언 정보.

—영기 레벨 1.

—영기 성장치 100.

—영기 99+100.

—영기화된 수리 전용 장검, 영기화된 림족 전사 전용 창.

—영기 능력치 200.

—마스터: 최성준.

성준은 입을 딱 벌렸다. 벌써 100이 되었다. 잠시 황당해하던 성준은 던전의 일을 기억하고 이해가 되었다.

일반 몬스터도 많이 잡았지만 보스 몬스터를 끝장낸 것이 그녀였다. 검도 성장치가 100이 되었으니 그녀에게 성장치가 몰린 모양이었다.

성준은 머리를 흔들고 아직도 앞에 서 있는 그녀에게 옆에 소파에 앉도록 했다. 그리고 그녀에게 성준의 고민을 이야기했다. 그녀는 성준의 이야기를 간단하게 정리했다.

"이곳에서는 제가 낯설어서 적응하기도 힘들고 주변의 시선도 문제가 된다는 이야기인가요? 저야 괴물들하고 싸울 때만 불러주셔도 상관은 없습니다."

성준은 고개를 흔들었다. 아무래도 아름다운 여성을 도구 취급하고 싶은 생각은 없었다.

성준의 반대에 수리는 고민을 시작했다. 잠시 뒤 그녀는 성준에게 물어보았다.

"혹시 1레벨 영기보석은 어떤 것을 가지고 계신지 여쭈어봐도 될까요?"

성준은 가지고 있는 구슬을 소환해서 보여주었다. 담담하던 수리의 눈이 흔들렸다. 역시 가디언도 구슬에 대한 식욕은 어쩔 수 없나 보았다.

수리는 크게 심호흡을 해서 마음을 안정시키고 성준에게 말했다.

"혹시 구슬 중에 다리 6개 달린 곤충의 것도 있습니까?"

성준은 구슬을 보면서 몬스터와 매치시켜 보았다. 그리고 붉은 개미 몬스터에게서 얻은 구슬을 손 위에 올려서 수리에게 보여주었다.

"이것을 말하는 거야?"

"감사합니다."

수리는 성준의 손에 올려진 구슬을 들어 먹어버렸다.

성준의 얼굴이 하얘졌다.

"30억짜리야!"

가디언은 성준의 검과 같은 과인 모양이었다.

수리는 소파에 앉아서 눈을 감고 고통을 참고 있었다. 성준
은 수리가 고통을 참는 모습을 보면서 심호흡을 했다. 분명히
필요한 능력일 것이다. 성준은 그렇게 믿기로 했다. 믿지 못
하면 속이 무척 쓰릴 것 같았다.

성준이 그렇게 마음을 안정시키자 잠시 뒤 수리가 눈을 떴
다. 성준은 수리가 말하기 전에 수리의 정보를 확인했다.

—가디언 정보.

—영기 레벨 2.

—영기 성장치 0.

—영기 99.

—영기 검사 레벨 1, 정보 교환 레벨 1.

—영기화된 수리 전용 장검, 영기화된 림족 전사 전용 창.

―영기 능력치 130.

―마스터: 최성준.

전에 성준의 적으로 등장했을 때 보았던 '영기 검사'라는 능력이 활성화돼서 나타났다. 성준은 이것도 물어봐야겠다고 생각했다.

수리는 잠시 자신의 팔목을 확인하더니 성준에게 말했다.

"2레벨이 되었습니다. 이제 옛날의 제 실력을 따라잡을 방법이 생겼습니다. 감사합니다."

성준은 우선 한마디 해야겠다고 생각했다.

"제발 지금 같은 경우는 말을 좀 하고 움직여요. 갑자기 구슬을 먹는 바람에 깜짝 놀랐어요."

수리는 고개를 갸우뚱하더니 말했다.

"손 위에 올려주시는 것은 주시는 것이 아니었습니까?"

"역시 문화의 차이인가?"

성준은 손을 머리에 올리고 한숨을 내쉬었다. 그 모습을 보던 수리는 성준에게 말했다.

"제가 잘못 파악했다면 죄송합니다. 문제가 있으면 제가 해결할 수 있는 방법을 알려 주십시오."

성준은 고개를 흔들었다.

"그건 괜찮아요. 단지 서로 말은 통해도 문화의 차이가 있어서 오해가 생기는 모양이에요."

수리는 성준의 말에 대답했다.

"방금 말씀하신 그 문제를 해결하기 위해 그 영기보석이 필요했습니다."

성준은 고개를 갸우뚱했다.

"그 보석의 능력은 무슨 텔레파시 같은 것 아닌가요?"

수리는 고개를 끄덕였다.

"그런 일도 할 수 있습니다만 이 능력은 능력을 가진 사람이 다른 사람이 가지고 있는 기억 중에 원하는 정보를 얻거나 자신의 기억을 줄 수 있습니다. 1레벨에서는 정보 전달의 거리가 짧아 서로 접촉하고 있어야 합니다만."

"아, 수리 씨가 제가 가지고 있는 이 세계의 지식을 얻을 수 있다는 건가요?"

수리는 성준의 눈을 바라보며 말했다.

"네. 1레벨일 때는 한 명에게 귀속됩니다. 저와 주인님이 정보를 교환하면 됩니다."

"그럼 좀 더 세상을 잘 아는 사람하고 하는 편이 좋지 않을까요? 아니면 같은 여성과 하는 편이 좋을 거예요."

수리는 성준의 말에 고개를 흔들었다.

"안 됩니다. 제가 이 능력을 선택한 것은 주인님 때문입니다."

"에?"

수리는 심각한 얼굴로 말했다.

"괴물들과 싸울 때 제가 예상을 잘못했습니다. 같이 있는 분들의 실력은 모두 예상대로였지만 주인님의 검술 실력이 너무 떨어졌습니다. 저를 이기셔서 상당한 검술을 가지고 있는 줄 알았는데 거의 검술을 모르는 초보였습니다."

너무 적나라한 이야기에 성준은 입을 삐끔거렸다.

"그래서 제 예상과는 다르게 괴물과의 싸움에서 거의 질 뻔하신 겁니다."

수리는 계속 말을 이었다.

"주변 상황 파악과 실시간 대응, 반응 속도 등은 일류검사의 수준이면서 검술만 거의 기초 상태라는 것이 이해가 안 되었습니다."

수리는 고개를 흔들었다.

"지금 실력이라면 절대 훈련만으로 일정 높이에 오를 수 없습니다. 그래서 제가 정보 교환으로 주인님께 제가 알고 있는 검술을 알려드리겠습니다. 이 정보 교환은 거의 경험까지 전달이 가능하다고 알고 있습니다."

성준의 얼굴이 환하게 변했다. 던전에서 본 수리의 검술은 그야말로 신기였다.

"그럼 그 정보 교환만 하면 나도 수리 씨 같은 일류검사가 되는 건가요?"

수리는 다시 한 번 고개를 흔들었다.

"당연히 경험에 가까운 이론뿐입니다. 몸으로 체득해야 사용하실 수 있을 겁니다. 제가 훈련시켜 드리겠습니다."

성준은 입맛을 다셨다. 역시 쉬운 일은 없었다.

어쨌든 성준이 정보 교환에 동의하자 수리는 각인이 필요하다고 했다.

"여기 이렇게 서 있으면 돼요?"

성준은 거실 가운데 서서 수리에게 물어보았다.

"네. 잠시 그렇게 계시면 됩니다."

수리는 성준의 앞에 서서 그렇게 이야기했다. 성준은 앞에 서 있는 수리를 보고 참 예쁜 얼굴이구나 하고 멍하니 생각하고 있었다.

성준이 그렇게 생각하고 있을 때, 그 예쁜 얼굴이 점점 성준의 얼굴을 향해 다가왔다.

성준은 점점 다가오는 얼굴에 온몸이 긴장되기 시작했다.

수리는 성준은 눈앞까지 와서 성준은 살짝 올려다보았다. 그리고 수리는 발뒤꿈치를 살짝 들어올렸다.

성준의 얼굴과 높이를 맞춘 수리는 성준의 이마에 자신의 이마를 대고 자신의 영기를 활성화시켰다.

낙담했던 성준은 머리에 들어오는 수리의 영기와 정보에

정신을 바짝 차렸다. 자신에게서도 무엇인가 빠져나가는 것 같았지만 수리가 전해주는 검술의 정보에 집중했다.

정보는 방대했다. 성준은 그동안 그냥 검을 휘두르는 게 전부인 줄 알았던 검술이 이렇게 어려운 것인지 지금 알았다.

잠시 후 수리가 자신의 머리를 뒤로 물렸다. 수리는 눈을 감고 잠시 정보를 정리했다. 성준도 수리가 전해준 검술 정보를 확인하고 눈을 떴다. 하루 이틀에 파악할 내용이 아니었다.

성준이 눈앞에서 눈을 감고 있는 수리를 바라보고 있을 때 수리가 눈을 떴다.

그리고 눈앞의 성준을 보고 성준에게 다가와 성준의 입술에 입을 맞추었다.

수리의 입술이 자신의 입술에 느껴지자 성준의 눈이 크게 떠졌다.

잠시 뒤 수리는 조금 붉어진 얼굴로 성준에게서 입을 떼고 뒤로 물러서서 성준에게 한국어로 물어보았다.

"주인님 기억으로는 여성이 남성에게 감사할 때 하는 행동이라고 기억하고 계시던데, 제대로 한 건가요?"

성준은 자신의 기억에 감사했다.

잠시 뒤 정신을 차린 성준은 절대 다른 남자에게는 고맙다고 그런 식으로 인사하지 말라고 수리에게 이야기했다. 중요한 문제였다.

그리고 우선 호칭 문제부터 해결하기로 했다.

그전의 '주인님'이라는 말은 다른 세계의 말이라서 괜찮았지만, 이 말을 한국어로 말하는 것을 누군가 들으면 100퍼센트 오해할 것이 분명했다.

"제가 검술에 대하여 지금 이해하는 정도로 수리 씨가 이 세상을 이해했다면 지금 호칭이 문제가 되는 것은 알겠지요?"

수리는 고개를 갸웃거렸지만 곧 인정했다.

"네, 다른 사람들이 오해할 수도 있겠어요. 주인님이 오해를 받지 않으려면 다른 표현이 좋을 것 같네요. 고슈진사마, 마스터 등의 표현이 있던데, 어떤 것을 원하시나요?"

성준은 심장이 안 좋아졌다.

그 뒤 둘은 몇 번의 실랑이 끝에 한국어로 이야기할 때는 성준 님 정도로 일단락을 지었다. 수리는 싫다고 했지만 성준은 이번엔 주인의 특권으로 밀어붙였다.

"그럼 제 부탁을 하나 들어주세요."

성준은 흔쾌히 허락했다.

"저에게 반말해 주세요. 제가 한국어를 습득하니 확실히 그동안 한 말이 존칭임을 알겠어요. 부탁드리겠습니다."

수리는 고개를 숙여 성준에게 부탁했다. 성준은 어쩔 수 없이 수리의 부탁을 들어주었다.

"그런데 말투가 많이 부드러워졌네?"

"네. 성준 님의 기억에 있는 이 나라 여성의 표준 어투를 사용했어요."

성준은 다른 사람에게 정보 공유를 안 시킨 것을 정말 잘했다고 생각했다.

성준은 일행이 지금 어디에 있는지 알기 위해서 보람에게 전화를 했다. 보람은 일행 모두 조합 사무실의 휴게실에 모여 있다고 했다. 모두들 휴게실을 너무 좋아하는 것 같았다.

성준은 수리를 데리고 아래에 있는 조합 사무실로 갔다. 수리는 엘리베이터를 탈 때 움찔 놀랐지만 지식에 있는 내용이었는지 곧 적응하고 성준과 함께 엘리베이터를 타고 내려갔다.

성준과 수리가 조합 사무실로 들어서자 휴게실에 모여 있던 여성들이 바로 수리에게 달려들었다. 다들 보스 존에서의 전투로 수리에게 반한 모양이었다.

"언니, 아직도 칙칙한 옷을 입고 있어요?"

"말도 안 돼. 우리랑 쇼핑하러 가요."

성준은 여성들을 말렸다. 아직 수리가 외부에 노출되면 안 되었다. 정부와 이야기를 해보고 움직여야 할 것 같았다.

"맞다. 내가 새로 사놓은 옷이 있어요. 우선 그걸로 갈아입고 인터넷 쇼핑해요."

헤라가 오히려 불타올라서 난리였다. 다들 헤라의 말에 호응하자 수리는 난감한 표정이었다.

수리가 성준을 바라보자 성준이 고개를 끄덕였다.

"네, 그럴게요. 고마워요."

수리가 한국어로 말을 하자 일행 모두가 입을 떡 벌렸다. 성준은 어쩔 수 없이 수리가 2레벨이 된 이야기를 해주었다.

이야기를 들은 사람들은 모두 자신이 그 구슬을 얻었을 때의 활용 방법을 생각하는 모양이었다. 성준은 손뼉을 쳐서 주의를 집중시켰다.

"나중에 구하게 되면 생각할 문제고요, 지금은 할 일이 있지 않나요?"

보람만 자리에 있고 나머지 여성들은 수리를 잡아끌고 간부 취침실로 이동했다. 간부 취침실은 완전히 여성 전용 휴게실이 되어버린 모양이다.

여성들이 수리를 데리고 나가며 수리에게 신체 사이즈를 묻자 수리는 자신의 사이즈를 한국 기준으로 계산해서 이야기를 해주었다.

"말도 안 돼!"

모두 경악한 얼굴이 되었고, 몸매에 자신이 있던 헤라와 미영은 풀 죽은 얼굴로 고개를 숙였다.

성준은 어수선하던 일행이 몰려가는 것을 보고 보람에게 물었다.

"다들 괜찮지요? 제가 돌아오자마자 쓰러져서 확인도 못했습니다."

보람은 고개를 흔들고 말했다.

"다들 건강해요. 다행히 마지막에 보스가 난리를 치는 바람에 모두 대피할 수가 있었어요. 그래서 성준 씨를 빼고 모두 던전 안에서 하은이에게 치료받을 수 있었어요."

성준도 다행이라고 생각했다.

"그런데 왜 다 여기에 모여 있던 거죠?"

"아, 텔레비전에서 몬스터홀과 관련된 대통령 담화가 있었어요. 조 단장님이 말하던 몬스터홀 민간 참여에 대한 이야기를 하더라고요."

"그게 웃겨. 몬스터홀을 세계 최초로 두 건이나 제거했다고 신나게 자랑을 해대는데 어이가 없더라고. 나중에 귀환자 조합에 감사하다고 해서 다들 별말은 없었지만."

호영이 보람에 이어 이야기했다.

보람은 성준에게 민간 참여에 대한 대통령 발표를 간추려서 이야기해 주었다.

첫째, 모든 성인은 일정한 시험을 거쳐 몬스터홀의 시간 유지와 몬스터홀 제거에 참여할 수 있다.

둘째, 몬스터홀 제거 시 발생하는 모든 책임은 본인이 져야 한다.

셋째, 참가 시험과 관리는 대통령 직속의 새로운 부서를 설립해서 대응한다.

넷째, 국가에 사용자 등록을 하면 개인적인 비화약 무기의 소유를 허가한다.

다섯째, 몬스터홀 유지에 한 번 참여 시 개인당 300만 원 지급, 그리고 몬스터홀을 제거했을 시 그 팀에 500억 지급.

보람의 말에 의하면 지금 인터넷에서 다섯째 내용인 지급 금액으로 난리가 났다는 것이다.

한 달에 한 번 몬스터홀에 들어가도 한 달 생활이 되고 몬스터홀을 제거하면 인생 역전인 것이다. 더군다나 벌써 몬스터홀 두 군데가 과거 일반인이던 귀환자 조합에게 제거당했다.

현재 몬스터홀로 인해 경기가 바닥을 쳐서 다들 먹고살기가 힘든 상황에서 모두 눈이 둥그레지는 것은 당연했다.

성준은 고개를 흔들고 보람에게 말했다.

"우선 사람들이 오면 회의를 진행하죠. 내일은 조 단장, 김 회장님과 약속이 있어서 바쁠 것 같습니다.

보람은 성준의 말에 고개를 끄덕였다.

잠시 뒤 수리가 여성들과 다시 등장했다. 휴게실에 있던 남성들은 수리를 보고 그 자리에서 굳어버렸다.

잠시 뒤 호영이 미영에게 한 대 맞고 정신을 차리더니 한마디 했다.

"열라 예쁘군."

그리고 미영에게 한 대 더 맞았다.

성준도 고개를 흔들어 정신을 차렸다. 아무래도 밖에 나가면 바로 연예사무소 명함이 쏟아질 분위기였다. 갑옷을 입었을 때는 아름다운 여전사의 분위기라서 다소 거리감이 있었는데 아름다운 원피스를 입고 나타나자 주변에 꽃가루가 날리는 CF 분위기였다.

수리는 옷이 불편한지 이리저리 움직였다.

"가슴이 좀 끼고 허리가 남아서 불편해요. 상당히 불편한 일상복이네요."

헤라가 옆에서 구시렁거렸다.

"이건 옷 탓이 아니다. 내 몸 탓도 아니다. 이기적인 저 몸매 탓이다."

성준은 고개를 흔들고 이야기했다.

"모두 왔으니 회의실로 갑시다. 결산도 하고 다음 계획도 세워야 하고요."

일행은 모두 성준의 말에 따라 회의실로 이동했다.

회의실로 이동하자 보람이 우선 결산을 했다.

"이번에는 여러 사람이 후원하는 것이라 금액이 전부 안 들어왔습니다. 현재 이번 구로 몬스터홀 제거 후원금으로 520억이 들어왔고, 정부 지급금으로 500억이 들어왔습니다. 합쳐서 1,020억이 이번 몬스터홀 제거로 들어온 수입입니다."

다들 이제는 무덤덤한 모양이었다. 돈이 그냥 숫자로 보이는 모양이다. 다들 큰돈을 가지거나 써본 경험이 없어서 더 그랬다.

보람이 좀 다른 이야기를 꺼냈다.

"방금 전에 조합장님께서 들어오시기 전에 회의실에서 잠시 이야기를 했습니다."

성준은 고개를 갸우뚱했다.

"기존의 분배 방식에 대해 저희들이 토의를 좀 했습니다."

성준의 기분이 좀 안 좋아졌다. 최대한 객관적으로 했다고 생각했다. 그런데 벌써 이런 이야기가 나오는지 모르겠다.

"지금 있는 인원 말고도 앞으로 추가로 들어오는 인원도 있을 것이고, 사람마다 던전에서의 공헌도가 다른 상황에서 똑같이 분배하는 것은 문제가 있다는 의견이 많아서 이야기를 좀 나누었습니다."

성준은 이 이야기는 합리적이라고 생각되었다. 하지만 어떻게 차등을 두어야 할지 예상할 수가 없었다.

"객관적인 지표가 딱 하나가 있습니다. 레벨이지요. 레벨별로 두 배씩 지급하는 것이 어떻겠냐는 이야기가 나왔습니다. 그리고 모두 동의했습니다."

성준은 보람의 말에 이상함을 느꼈다.

"다들 2레벨이잖아요. 저만 3레벨이구요."

"네, 그동안 조합장님만 고생하는 것 같아 저희가 방법을 찾아보았습니다. 우선 이런 식으로나마 해야 할 것 같아서 의견을 나누었습니다."

"그럼 다음 레벨로 올라가려고 싸움이 날 텐데요."

"그래서 1레벨 구슬보다 2레벨 구슬을 두 배의 가격으로 하려고 합니다."

조합원들은 아예 밀어붙일 생각으로 준비한 모양이었다.

성준의 표정이 나쁘지 않자 보람이 호영을 향해 고개를 끄덕였다.

호영이 일어나서 발언했다.

"귀환자 조합 감사 자격으로 새로운 배분 방식에 대해 투표를 붙이겠다."

그리고 전격적으로 새로운 분배 방식이 결정되었다. 성준의 옆에서 수리가 말했다.

"좋은 사람들이네요."

여러 가지 이익과 상황에 대한 저울질이 있었을지도 모른다. 하지만 이 자리에서는 성준도 기분이 좋았다. 성준도 수리의 말에 고개를 끄덕였다.

그래서 그 자리에서 성준은 54억을, 다른 사람들은 27억의 돈을 받을 수 있었다.

성준은 두 배로 증가한 금액에도 별로 실감이 안 났다. 지금까지 바빠서 돈 쓸 시간이 없었다. 앞으로도 시간이 안 날 것은 분명했다. 그는 그래도 그 고생해서 받는 돈인데 받을 수 있는 것은 받아야 한다고 생각했다.

그런 성준에게 호영이 말했다.

"이제는 돈 쓸 일이 엄청 많을 거야."

호영은 수리를 보면서 이야기했고, 그 이야기를 들은 미영에게 또 한 대 맞았다.

"내가 그렇게 돈 많이 썼다는 말이에요?"

그렇게 결산을 끝내자 성준은 우선 일행을 돌아보고 수리를 바라보았다.

"다음 진입할 몬스터홀을 정하기 전에 수리의 이야기를 좀 들어보도록 하죠. 그동안 자세한 이야기를 듣고 싶었지만 들을 시간이 없었습니다."

수리는 성준의 말에 자리에서 일어나 고개를 숙여 보이곤 말하기 시작했다.

"저희 별은 작은 달이 두 개가 있는 곳입니다. 이 지구와 다른 차원인지 다른 별인지는 모르겠습니다. 역사는 상당히 오래되었지만 성준 씨의 기억으로 본 바에 의하면 이곳의 18세기 정도의 문명으로 생각하시면 되겠습니다."

수리는 말을 이었다.

"하지만 저희 별은 정신적인 능력을 상당히 개발한 상황이었고 그 덕분에 인간들 간의 분쟁은 많지 않았습니다."

수리는 이야기를 계속했다.

어느 날 수리의 별에 이곳과 마찬가지로 몬스터홀이 발생하였다고 한다. 그리고 그들도 귀환자가 되어 몬스터홀의 안팎에서 적들과 싸웠지만, 싸우고 싸워서 귀환자가 더 강해지면 더 강한 몬스터홀이 등장했다고 한다.

귀환자들은 한 명씩 싸우다 죽어갔고, 일반 시민들도 외부 던전화에 의해 계속해서 목숨을 잃었다고 한다.

"결국 저희는 더 이상 몬스터홀의 레벨을 따라갈 수가 없었습니다. 5레벨의 몬스터홀이 열렸을 때, 저희 중엔 5레벨 몬스터홀에 진입할 수 있는 사람이 없었습니다."

수리는 침울한 표정으로 말을 이었다.

"그 몬스터홀은 자신이 발생한 도시를 던전화시켰고, 도시의 사람들을 모두 귀환자로 만들었습니다. 시간이 지나면서 점점 커진 몬스터홀은 결국 한 지역을 집어삼켰고, 마지막에는 행성 전체를 마법진이 감싸 버렸습니다."

수리는 그 당시의 기억이 나는 모양이었다.

"마지막으로 남은 정신 능력자들이 모여 작은 도시 하나에 인식 결계를 만들고 1년 정도 숨어 있었습니다. 그동안 저희 세상은 모두 멸망했습니다."

모두는 숨을 죽이고 수리의 말을 듣고 있었다.

"최후에는 인식 결계가 부서지고 저는 그 싸움에서 팔 한 쪽을 잃었습니다. 그렇게 모든 것을 잃고 제가 처음으로 들어갔던 몬스터홀로 다시 들어간 것입니다. 저는 그곳에서 보스와 싸우다 목숨을 잃었고, 가디언으로 다시 만들어졌습니다. 불량품이었지만요."

수리는 슬픈 표정으로 웃었다.

일행은 모두 숙연해졌다. 잠시 뒤 정 교관이 수리에게 물었다.

"그럼 몬스터홀을 만든 적들은 침공의 목적이 무엇이랍

니까?"

수리는 정 교관의 말에 대답했다.

"저도 조금밖에는 모릅니다. 저희 정신 능력자들 이야기와 가디언으로 있을 때 들은 바로는……."

수리는 침을 삼켰다.

"그 괴물들은 각기 별의 고등 생명체가 가지고 있는 고유한 능력과 그 능력의 강화를 원합니다."

수리는 자세히 설명했다.

"그 괴물들은 자신들의 영기 활용도를 높이기 위해 다른 별의 생명체에 영기를 씌워서 그 생명체의 고유 능력을 영기화시킵니다. 그리고 그 생명체가 던전에서 계속 싸워 고유 능력과 영기보석으로 얻은 능력을 계속 강화시켜 가는 것을 지켜봅니다."

수리는 자신의 별의 최후를 기억해 냈다.

"그리고 한계가 왔다고 생각되면 그 세계의 생명체를 모두 죽여 영기로 흡수합니다. 그것이 저희 별의 최후였습니다."

수리는 자신의 이야기를 했다.

"고유한 능력을 가진 자 중 쓸모 있어 보이는 생명체는 죽인 후 가디언으로 만들어 고유 능력의 사용 방법을 확인하고 영기로 만든 다른 생명체처럼 다음 별을 공격할 때 이용합니다."

정 교관이 놀라며 수리에게 물었다.

"설마 그럼 엘리트 몬스터들이 가지고 있던 능력, 그리고 그 구슬들이 모두 다른 세상 사람들의 능력이라는 말인가요?"

"몬스터들, 아니, 영기화된 생명체에게 강제로 주입된 영기화한 고유 능력들이지요."

"우린 그런 능력이 없는데요? 다들 평범한 사람들인데."

미리의 말에 수리는 성준을 바라보았고, 하은은 팔목을 움켜쥐었다. 수리와 성준, 하은은 모두 고유 능력을 가지고 있었다.

"그럼 우리는 모두 이대로 몬스터홀에 끌려 다니다가 죽을 거라는 말인가요?"

소영이 울상이 돼서 말했다. 그러자 옆에서 미리가 위로했다.

"가디언으로 있으면서 그 괴물들의 공격에 벗어난 별이 있다는 이야기를 들었습니다. 아쉽게도 방법은 모르지만요."

수리의 마지막 말에 일행은 정신을 차렸다. 모두 어떻게 하든지 살아남겠다는 의지가 보였다.

"번 돈을 다 쓸 때까지 절대 죽지 않을 거야!"

성준은 혜라의 의지를 보았다.

모두 충격을 받은 상태로 회의를 끝냈다. 다음에 들어갈 몬스터홀은 내일 이야기하기로 했다. 집으로 돌아갈 사람은 돌아가고, 밖으로 우르르 몰려나가는 여성들도 있었다.

보람과 성준은 남아서 이야기를 계속했다. 그 옆에는 수리도 있었다.

"아직 돈을 보내지 않은 후원자들이 앞으로 돈을 보내줄지 조금 회의적이에요."

보람이 성준에게 걱정스럽게 이야기했다.

"이제 몬스터홀도 없어졌고 자신들 자금 사정을 이야기하면서 버텨보려는 듯한 움직임을 보이는 곳이 몇 있었어요."

"걱정하지 마. 나도, 김 회장님도 그렇게 만만치는 않아."

그렇지만 성준도 좀 짜증이 나는지 이맛살을 찌푸렸다.

그 모습을 보고 있던 수리가 말했다.

"이번에 보스를 잡은 후로 보스 잡는 것은 미룬다고 하셨잖아요? 다들 성장도 필요하고 훈련도 필요하다고요."

성준은 고개를 끄덕였다.

"그럼 돈 줄 때까지 보스를 잡지 않는다고 하면 되지 않나요?"

보람과 성준은 놀랍다는 표정을 지었다. 그러다 보람이 물었다.

"그러다가 안 주는 사람이 생기면 저희는 보스 존 공략을 못하게 되는데요?"

"그럼 그때 돼서 다들 너무 힘들어해서 용서하겠다고 하면서 다시 보스 존 공략을 하면 되지 않을까요?"

보람은 놀라서 말했다.

"전사분인 줄 알았는데 대단하시네요."

"일족의 수호기사였습니다. 다른 일족과의 정치를 많이 보아왔어요."

성준은 잠시 생각하다가 고개를 끄덕였다.

"잘되었네. 어차피 핑계도 필요한 참이었어. 지금부터 보스 존 공략을 멈추는 이유로 후원자들 핑계를 대도록 하지."

이야기를 마치고 모두 자리에서 일어났다.

"저는 들어갈 텐데, 두 분은 이제 어디로 가시나요?"

"나야 방에 가서 식사하고 쉬어야 할 것 같아."

"저도 성준 님과 같이 들어갈 거예요."

보람의 말에 성준과 수리가 대답했다.

"네?"

보람이 갑자기 날카로운 목소리를 냈다.

"무슨 소리예요? 건장한 성인 남녀가 같은 집에서 혼숙을 하다니 말도 안 돼요!"

수리가 그 말에 대답했다.

"저는 가디언입니다만……."

"그래도 예쁜 성인 여자인 것은 맞잖아요!"

보람은 '예쁜'이라는 단어에 인상을 쓰면서 말했다.

수리는 보람의 말에 잠깐 생각하더니 말했다.

"방에 들어가서 성준 님이 저를 소환 해제하실 겁니다. 저와 그렇게 이야기하셨습니다."

보람은 한숨을 내쉬었다.

"그럼 다행이에요. 제가 오히려 죄송하네요."

"괜찮습니다."

보람은 수리에게 사과하고 인사를 한 후 집으로 돌아갔다.

성준은 엘리베이터를 타고 집으로 올라가면서 수리에게 물었다.

"언제 집에서 수리를 소환 해제한다고 이야기했지?"

"거짓말입니다."

성준은 입을 딱 벌렸다.

"주인님의 명예를 위해 거짓말이 필요하다고 생각했어요."

둘이 되자 바로 자신의 언어로 성준을 주인님으로 부르고 있다. 성준은 순간 식은땀이 흘러내리는 걸 느낄 수 있었다.

그리고 그날 밤 서로 다른 방에서 잠자리에 들었다.

*   *   *

다음 날 김 회장은 항상 만나는 음식점에서 성준에게 사과할 수밖에 없었다.

"몇몇 인간이 장난을 치는 모양일세. 나중에 내가 크게 혼내줄 것이니 이번은 자네가 좀 참아주게."

성준은 별로 상관이 없다는 듯이 김 회장에게 말했다.

"괜찮습니다. 그쪽도 사정이 있으시겠지요."

김 회장의 얼굴이 좀 밝아졌다. 성준은 계속 말을 이었다.

"저희도 사정이 생겨 보스 존 공략을 멈추기로 했습니다. 그분들 사정이 풀리면 저희들도 사정이 풀리겠죠."

김 회장의 얼굴이 다시 어두워졌다. 역시 쉬운 젊은이는 아니었다.

"그러면 그 인간들에게 다음을 기다리던 사람들이 피해를 보는 것이 아닌가?"

"다른 분들이 그 사람들의 사정을 좀 알아봐 주시면 될 것 같습니다."

성준의 말에 김 회장은 생각에 잠겼다.

성준의 이야기는 다른 사람들이 돈을 지급하지 않는 사람들에게 돈을 지급하게 하거나 아님 대신 돈을 지불하라는 이야기였다.

김 회장은 생각을 마치고 눈을 떴다.

"우리가 힘을 써보겠네. 좀 기다리게나."

"네. 이 기회에 좀 쉴 생각이었습니다."

성준은 김 회장과의 자리를 마쳤다. 성준은 이제 좀 대등한 느낌이었다.

조 단장은 조합 회의실에서 사진 한 장을 보면서 성준을 기다리고 있었다.

귀환자 조합장이 외간 여자를 방에 들여놓고 있는 상황을 앞 건물에 숨어서 감시하고 있는 감시조가 알아낸 것이다. 그동안 성준이 귀신같이 감시 장비를 찾아내서 겨우 이 사진 한 장만 찍을 수 있었다.

조 단장이 보고 있는 사진에 오피스텔 베란다에 나와 있는 여성의 모습이 보였는데 정말 눈부신 미인이었다. 더군다나 어느 나라 사람인지는 모르겠지만 절대 한국인은 아닌 것 같았다.

덕분에 여의도 주변에 있던 모든 요원이 사진 속 여성의 과거 기록을 찾으려고 이틀 동안 그야말로 난리였다. 하지만 그녀가 성준의 방에서 처음으로 카메라에 찍히기 전의 기록은 어디에서도 나오지 않았다.

여태까지 외국 요원들의 접근을 잘 막았는데 이번에 뚫린 것이다. 더군다나 이미 조합장과 친밀하게 접촉하고 있으니 실종으로 처리하기도 힘든 상황이다.

조 단장은 고민을 멈추었다. 어차피 이 여성 문제는 해결해야 했다. 감시조가 있다는 것을 들키더라도 말이다.

조 단장이 사진을 뒤집어놓고 있을 때 성준이 회의실로 들어왔다.

"기다리게 해서 죄송합니다."

"괜찮습니다. 제가 빨리 왔는데요."

조 단장은 평범하게 이야기를 시작했다. 우선 다른 이야기부터 진행해야 할 것 같았다.

조 단장은 구로 몬스터홀 처리에 감사하다는 이야기와 함께 몬스터홀 민간 참여 이야기를 성준에게 했다. 성준은 주의 깊게 조 단장의 이야기를 들었다.

"다음 몬스터홀 제거는 언제쯤 하실 생각입니까?"

"생각이 없습니다. 우선 몬스터홀 연장만 시킬 예정입니다."

그러면서 성준은 후원자들 핑계를 댔다.

"강하게 나가셨군요. 위에다가는 지쳐서 쉬는 시간이 필요하다고 보고하겠습니다."

성준은 어깨를 으쓱했다.

"원하시는 대로 하십시오."

그리고 조 단장은 성준에게 뒤집어놓은 사진을 내밀었다.

"이게 무엇입니까?"

"우선 성준 씨의 오피스텔을 외부에서 감시하고 있었습니다. 다른 외국의 요원들로부터 보호하기 위해서였습니다만, 미리 이야기하지 못한 점 사과드리겠습니다."

성준은 사진을 뒤집어 수리의 모습을 보았다.

"젊은 남성이 아름다운 여성과 밤을 보내는 것은 잘못이 아닙니다. 하지만 지금과 같은 시국에 알지 못하는 여성과 같이 지내는 것은 대단히 위험한 일입니다. 저희가 그 여성의 신병을 구속했으면 합니다."

조 단장은 성준의 표정을 살피며 말을 이었다.

"보통의 경우는 바로 체포했을 테지만 성준 씨와의 관계 때문에 이렇게 말씀드리는 것입니다."

말을 마친 조 단장은 성준의 묘한 표정에 긴장했다. 뭔가 정상적인 반응이 아니었다.

성준이 조 단장에게 말했다.

"본인이 직접 이 자리에서 해명하는 것이 좋을 것 같은데요?"

"그녀의 안전이 걱정된다면 제가 책임지겠습니다."

"안전은 전혀 걱정하지 않아요. 어차피 알려드릴 것이 많아요. 지금 불러낼게요."

"네?"

성준의 말에 조 단장은 의문 섞인 표정을 지었다.

성준은 손을 자신의 옆으로 뻗어 검은 연기를 만들어냈다.

검은 연기가 아름다운 여성이 되어가는 모습에 조 단장은 입을 다물 수가 없었다.

이윽고 조 단장 앞에 갈색 가죽 갑옷을 입은 수리가 나타나 그를 보았다.

수리는 한국말로 조 단장에게 말했다.

"안녕하세요. 성준 님의 가디언 수리입니다. 만나서 반갑습니다."

"……."

조 단장은 조용히 전화기를 들어 체포조의 철수를 명령했다.

전화를 마친 조 단장은 좀 지친 표정이었다.

"상식이 통하지 않는 세상이 되었군요."

성준은 방금 전 사진 때문에 기분이 안 좋아 조 단장의 말을 무시하고 이야기했다.

"우선 저희 숙소와 사무실 방향으로 되어 있는 카메라와 지향성 감청 등을 모두 철수해 주시죠. 저희 안전은 따로 준비하겠습니다. 이번이 마지막 경고입니다."

조 단장은 입맛을 다셨다. 도촬도 밝혀지고 상대편의 신뢰도 잃어버렸으니 손해가 막심했다.

"죄송합니다. 감시 장비는 모두 철수하겠습니다."

성준은 우선 수리의 이야기를 정부에 전달하기 위해 이 일은 마음속에 담아두었다.

성준은 구로 몬스터홀에서의 전투 내용과 수리를 가디언으로 얻게 된 과정을 조 단장에게 전했다. 조 단장은 옆에 녹음기를 틀어놓고 이야기를 경청했다.

"대단한 이야기군요. 성준 씨 이야기대로라면 수리 씨에게 물어볼 것이 엄청 많을 것 같은데요."

성준은 수리에게 회의실에서 조합원 일행에게 한 이야기를 한 번 더 해주기를 부탁했다. 수리는 비밀로 하기로 한 고유 능력 부분을 제외하고 조 단장에게 한 번 더 말했다. 성준은 자신의 비밀을 밝힐 생각이 없었다.

모든 이야기를 들은 조 단장의 얼굴이 심각해졌다.

"제 선에게 어떻게 할 이야기가 아니군요. 당장 들어가 봐야겠습니다. 추가로 질문이나 요청이 많을 것 같은데 괜찮겠습니까?"

조 단장은 수리를 바라보며 이야기했다.

"저는 성준 님의 소유입니다. 성준 님에게 부탁하시면 됩니다."

수리의 이야기에 조 단장은 성준을 묘한 눈으로 보았고, 성준은 한숨을 내쉬었다.

"이틀 뒤 저희 조합원은 다시 몬스터홀에 진입해야 합니다. 이번에는 오래 있을 예정이니 필요한 질문이 있으면 내일 부탁합니다. 프라이버시를 제외하고는 최대한 답하겠습니다."

조 단장은 난감했다. 상대는 몬스터홀에 매인 몸에다가 세계에서 단 하나밖에 없는 몬스터홀을 2회 이상 제거한 팀이다. 맘대로 본부로 소환할 수도 없고 강제하기가 힘드니 일처리가 두 배 이상 힘들었다. 양쪽에 상전을 둔 기분이다.

"그럼 몇 가지 사항만 전달해 드리고 들어가 봐야겠습니다."

조 단장은 성준에게 해외에서 일어난 일들을 이야기해 주었다.

프랑스에서도 2레벨 몬스터홀이 열렸다는 이야기였다. 프랑스에 있던 2레벨 귀환자가 포함된 팀이 들어갔는데 아직 안 나왔다는 이야기였다. 지금은 모두 비밀로 하고 있는데 계속 한국 쪽에 문의가 온다는 것이다.

"그리고 성준 씨가 주의하라고 말했던 쿼차이는 중국으로 돌아간 후 또 일행이 전멸했습니다. 중국 쪽도 상당히 긴장했는데, 그다음부터는 희생자 없이 몬스터홀을 연장시키고 있다고 합니다. 그는 다른 귀환자들이 2레벨이 되도록 도움도 주고 있는 모양입니다."

성준은 조 단장의 말에 고개를 갸웃거렸다. 하지만 지금은 괜찮다고 하니 성준도 할 말이 없었다.

조 단장은 이야기를 마무리하고 마지막으로 성준에게 말했다.

"수리 씨가 한 말이 상부에 보고되면 지금 취하고 있는 몬스터홀 공략 방식이 완전히 바뀔 것 같습니다. 이건 완전히 시간 싸움일지도 모르겠습니다."

조 단장의 얼굴은 무척 심각해져 있었다.

*　　　*　　　*

그날 저녁 일행은 회의를 했다.

보람은 먼저 조합 사무직 구인에 대해 이야기했다. 홈페이지 관리와 자신들이 없을 때 사무실 관리와 조합원 일행이 각지를 다닐 때 도움을 줄 사람들을 뽑았다는 이야기였다.

모두들 필요하다고 생각했기 때문에 아무 말 없이 듣고 있었다.

"에? 그럼 간부 취침실을 못 쓰나요?"

미리가 놀라서 보람에게 물었다.

"오피스텔 있잖아. 오피스텔 놔두고 거기를 왜 써?"

"사무실에 있을 때 짱박히기 최고인데……."

미리는 보람에게 머리를 한 대 맞았다.

보람이 홈페이지 건으로 본격적인 이야기를 시작했다.

"저희 홈페이지가 완성되었습니다. 홈페이지는 만약을 대비해서 해외에 구축했습니다. 제가 각자 핸드폰으로 보내드린 주소로 접속하면 됩니다. 사이트는 일반 방문자용과 귀환자용으로 페이지가 구별되어 있습니다."

보람은 이야기를 계속했다.

"일반 방문자용은 저희 귀환자 조합의 일반적인 홍보로 이루어져 있습니다. 저희 홈페이지의 실질적인 부분은 귀환자용이며 내용은 크게 세 가지입니다. 첫 번째로 저희가 다닌 던전과 몬스터들의 삽화와 설명이 들어갔습니다. 둘째는 귀환자를 위한 게시판입니다. 최대한 많은 언어가 가능하도록 했습니다. 마지막으로 경매 게시판입니다. 원래는 영기회복석을 판매하려고 생각했는데 너무나 희소해서 이 부분은 문제가 생겼습니다."

이어 성준이 나서서 보람의 말을 받았다.

"그래서 회의를 했으면 합니다. 우리에게 1레벨 구슬 세 개가 있고 보스를 잡아 3레벨 구슬이 있습니다. 그중에 1레벨 구슬을 판매하는 것이 어떨까 합니다."

사람들이 웅성거렸다.

"이 1레벨 구슬을 저희가 먹어서 영기를 늘리는 방법도 있지만 지금 저희는 2레벨 엘리트 몬스터를 잡을 때까지 3레벨이 될 방법이 없습니다. 그때까지 몬스터만 잡아도 모두 100까지 올라갈 것이 분명합니다."

여태 던전을 경험해 본 모두는 고개를 끄덕였다.

"하지만 2레벨이 되면 더 위험하잖아요. 2레벨 던전에 들어가게 되는데요?"

하은의 말에 성준은 고개를 흔들었다.

"이 구슬을 레벨 업용이 아닌 능력치 상승용으로 팔 생각입니다. 전투가 부적합한 사람들은 구슬로 100 가까이 능력치가 만들어지면 훨씬 안전해질 테니까요."

그제야 모두들 이해했다.

"얼마로 하시려고요?"

헤라가 성준에게 물었다. 역시 가격이 제일 궁금한가 보다.

"최저 30억에 경매로 진행할 것입니다."

"너무 비싸지 않아요? 살 사람이 없을 것 같은데……."

미영이 금액에 놀란 표정을 지으며 이야기했다. 성준은 고개를 흔들었다.

"충분히 더 많이 받을 수 있을 겁니다. 우리나라는 아니지만 다른 나라는 넘버 피플이 엄청 많습니다. 그중에 부자도 있을 겁니다. 이것에는 두 가지 목표가 있습니다. 하나는 물론 자금의 획득이고, 다른 하나는 홈페이지의 활성화입니다. 저희가 판매를 시작하면 저희가 모르는 물건들이 분명히 더 나타날 것입니다. 저희는 그런 정보가 필요합니다."

"그래도 정부나 누군가가 뭐라고 하지 않을까요?"

"아마 정부에서 말이 있겠죠. 그래서 이번에 몬스터홀로 들어가는 순간 대대적인 광고를 뿌리고 경매를 시작할 것입니다. 경매 종료는 저희가 나와서 하면 되고요."

성준은 조 단장에 대한 복수를 잊지 않았다.

이어 성준은 다음 안건에 대해 이야기했다.

"다음 몬스터홀을 어디로 갈지 정해야 합니다. 우선 제가 확인한 바로는 인천의 최고 레벨이 2레벨이고 안양이 3레벨이었습니다. 다른 곳은 더 확인해 봐야 하는데……."

성준이 인천을 다음 몬스터홀 진입지로 정하려고 했지만 여고생 세 명이 자신을 간절한 눈으로 바라보고 있는 것을 알게 되었다. 성준은 나오려는 말을 바꾸었다.

"내일 대구까지 확인한 후에 정하도록 하죠. 내일 제가 대구에 가서 확인한 후 최종 결정을 저녁때 회의에서 발표하겠습니다."

"조합장 오빠 최고!"

여고생들의 환호를 들으면서 성준은 다른 사람들을 보았

다. 다들 성준이 잘했다고 고개를 끄덕였다.

"그래서 내일은 대구를 다녀와야겠습니다. 정 교관님께 나머지 분들의 훈련을 부탁드릴게요."

성준은 자신들도 가겠다는 보람과 하은의 말을 못 들은 체하고 회의를 마무리했다.

성준은 다음 날 아침 주차장에서 드디어 자신의 차를 탈 수가 있었다.

포르쉐 파나메라 신형이 미끈한 몸체를 자랑하며 건물 지하 주차장에 주차되어 있었다. 주위에는 다른 스포츠카와 수입차들이 늘어서 있었다. 조합원들의 자동차였다.

성준은 보람과 하은의 배웅을 받으면서 차에 올라탔다. 하은은 자신의 옆을 지나가 성준의 옆자리에 앉는 수리를 보고 깜짝 놀랐다.

청바지와 티셔츠를 입고 있는 수리에게서는 대학생 같은 청초함이 풍겨 나왔다.

"수리 씨는 왜 같이 가는 거예요?"

"가디언이니까요. 주인을 보호하는 것이 가디언의 임무입니다."

"그, 그런데 왜 놀러 가는 복장인 거예요?"

"가죽 갑옷을 입고 탈 수는 없지 않습니까? 성준 님이 이상하게 보이지 않도록 하기 위해서입니다."

수리는 하은을 말로 녹다운시키고 차문을 닫았다. 보람은 수리를 말로는 이길 수 없다는 것을 아는지 입을 다물고 있었다.

성준은 자신이 말려들면 위험하다는 것을 아는 관계로 조용히 있다가 수리가 차에 타자 창문 밖으로 손을 흔들고 차를 출발시켰다.

하은은 으르렁거리고 있고 보람은 고개를 절레절레 흔들고 있다.

성준과 수리가 길을 나서자 사람들은 모두 성준의 차로 눈을 돌렸다가 보조석의 수리를 보고 눈이 휘둥그레졌다. 성준은 사람들의 시선에 불편해 수리에게 선글라스를 씌웠다가 오히려 더 시선을 집중시키자 포기할 수밖에 없었다.

스포츠카는 바람같이 고속도로를 달려서 대구에 도착했다. 대구의 계원고등학교는 폐교돼서 을씨년스러운 분위기를 풍기고 있었다. 성준은 정문을 지키고 있는 군인에게 신분을 확인해 준 다음 운동장으로 들어갔다.

성준은 운동장에 진입하기 전에 차를 세우고 수리와 함께 차에서 내렸다.

성준과 수리는 학교 운동장 한가운데 뻥 뚫려 있는 구멍을 바라보았다. 이곳은 바리케이드가 따로 없었다. 아예 학교를

폐쇄한 것이다.

성준은 능력을 사용해 구멍 아래의 문양을 확인했다.

—소환진.

—레벨 1. 현재 상태.

—레벨 2. 닫혀 있음.

—지구인 소환해서 레벨 1의 던전에 진입시킴.

다행이었다. 2레벨이 최대인 던전이었다. 성준은 좀 편한 기분으로 운동장을 나설 수 있었다.

성준은 차로 돌아가면서 좀 아쉬운 기분이 들었다. 이대로 차를 타고 드라이브를 즐기며 쉬었으면 좋겠다는 생각이 들었다.

그런 기분으로 옆에서 걷고 있는 자신의 가디언을 보고 성준은 다시 정신을 차렸다. 수리는 그 오랜 세월 동안 일족의 멸망, 아니, 고향 별의 멸망을 곱씹으며 적의 명령을 듣고 살아왔다. 이제야 희망을 가지고 움직이는 그녀에게 이런 모습을 보일 수는 없었다.

정신을 차리고 차를 향해 씩씩하게 걸어가는데 옆에서 수리가 말했다.

"날씨도 좋은데 어디 놀러 가면 좋겠어요."

성준은 하마터면 넘어질 뻔했다.

바로 서울로 돌아온 성준은 그날 오후 늦게 소집한 회의에서 다음 진입할 몬스터홀로 대구 몬스터홀을 발표하자 여고생들은 크게 기뻐했다. 다른 일행은 모두 기뻐하는 미리 등을 보고 미소를 지었다.

그리고 다음 날 아침 일찍 모인 조합원들은 버스에 올라타 대구로 출발했다. 버스는 고속도로를 빠른 속도로 달려 대구에 도착했다.

대구 계원고등학교에 도착한 모두는 차에서 내려 몸을 풀었다. 몬스터홀로 폐교되고 학생들은 모두 다른 곳으로 전학 간 학교는 건물만 남아 이곳에 학생들이 다녔다는 것을 알려 주었다.

미리와 소영, 가람은 학교를 슬픈 눈으로 바라보았다. 자신들의 소중한 추억이 모두 이곳에 있었다. 잠시 학교를 바라보던 그녀들은 들고 있는 활을 굳게 잡았다.

일행은 군인들이 만들어놓은 레펠 장비를 이용해서 내려갈 준비를 했다. 성준도 장비를 챙기고 준비했다. 그리고 핸드폰을 같이 온 사무실 직원에게 전달하려고 하는데 전화가 왔다.

조 단장의 전화였다. 성준은 받을까 말까 잠시 고민했다.

—성준 씨, 아직 출발 안 하셨군요.

　"네. 무슨 일이죠?"

　—중국 일로 전화를 드렸습니다. 얼마 전 상하이에 2레벨 몬스터홀이 열렸답니다. 계속 비밀로 하고 있던 모양인데, 얼마 전 2레벨 몬스터홀 연장을 위해 진입하기로 한 쥔차이가 몬스터홀을 들어가기 하루 전에 실종되었답니다.

　"그런데요?"

　—그래서 중국 정부에서 우리 정부에 긴급으로 요청했습니다. 지금 현재 2레벨 귀환자가 없는 중국에 당장 몬스터홀을 연장해 줄 사람이 필요하답니다.

　"그것이 저희들입니까?"

　—네. 이번 프랑스 2레벨 귀환자도 못 돌아올 것 같습니다. 그래서 중국 정부가 저희에게 계속 요청하고 있습니다. 그것도 큰 금액을 걸고요.

　현재 세계는 2레벨 귀환자들이 속속 등장하고 있었다. 하지만 그들은 2레벨 몬스터홀을 버티지를 못했다.

　"그 일이 저희랑 무슨 상관이죠?"

　—저, 그것이……

　정부나 조 단장은 성준과 귀환자 조합을 오해하고 있었다. 돈을 받고 일본을 도와준 것으로 보아 충분한 금액이면 또 도와줄 것으로 생각한 모양이다.

"저희는 이제 몬스터홀에 진입해야 합니다. 꽤 오래 다녀
올 예정입니다. 그럼 나중에 뵙죠."

성준은 핸드폰을 끊고 직원에게 주었다. 지금은 실력을 향
상시킬 때였다. 중국에 갈 생각도 없고 쥔차이하고 부딪칠 생
각도 없었다.

그리고 조 단장에게 차갑게 이야기한 것은 그동안 자신을
몰래 감시한 것 때문이지, 몰래 수리의 사진을 찍은 것 때문
이 아니었다.

정말로.

제2장
성장 II

성준은 환한 빛이 사라지자 눈을 떴다. 이제 자주 와서인지 오히려 시작 지점이 반갑게 느껴졌다.

일행을 둘러본 성준은 피식 웃고 말았다. 모두 너무나 많은 짐을 메고 와서 휘청거리고 있었다.

일행은 이곳에서 적어도 2레벨 엘리트 몬스터 한 마리는 잡고 나갈 생각이었다. 보스 존에는 절대 들어갈 생각이 없었다. 일행은 주먹구구식으로 발전한 각자의 능력을 숙달시킬 예정이었다.

특히 성준은 마지막 보스 존에서 깨달은 능력을 조금이나마 활용할 방법을 찾아야 했다. 하지만 성준의 옆에서 벼르고 있는 수리 때문에 성준의 생각대로 될는지는 알 수가 없었다.

"여기를 베이스캠프로 정합시다. 천천히 움직일 테니 급하게 하지 않아도 돼요."

성준의 말에 모두 텐트를 치고 무기를 꺼내 확인했다.

성준은 잠시 뒤 정리가 끝난 일행을 불러 모았다. 그는 일행에게 말했다.

"우선 처음에는 주위를 탐색하는 것이 좋을 것 같습니다. 조금씩 주위를 확장해 나가면서 안전하게 진행하죠."

"네, 그것이 좋을 것 같습니다. 그동안 너무 위험하게 진행했습니다."

앞에 있던 정 교관이 성준의 말에 바로 찬성했다. 그동안 걱정이 많았나 보다.

"그럼 그렇게 탐색하다가 알맞은 2등급 엘리트 몬스터가 나타나면 충분히 관찰한 후 공략해 보도록 하죠."

성준의 말에 일행은 모두 고개를 끄덕였다.

잠시 뒤 성준은 정찰을 위해 외부로 통하는 동굴로 움직였다. 수리는 당연하다는 듯이 성준을 따라 움직였다. 매번 그렇게 움직이니 이제는 다들 그런가 보다 했다. 단지 두 명의 여성만이 그 모습을 노려보고 있었다.

동굴은 다른 곳과 마찬가지로 위쪽을 향해 길이 나 있었다. 성준은 앞으로 나아갈수록 점점 추워지는 것을 느꼈다.

"조금씩 추워지는데?"

수리도 고개를 끄덕였다.

성준이 동굴의 거의 끝에 오자 상당한 추위를 느끼게 되었다. 강화된 몸으로 이 정도 추위를 느낀다는 것은 온도가 거의 영하라는 것이다. 잠시 뒤 동굴 끝에서 밖을 본 성준은 눈앞에 보이는 모습에 망연자실했다.

눈앞은 온통 하얀색으로, 눈이 쌓인 벌판이었다. 멀리 보이는 숲은 가지만 앙상하게 눈이 덮여 있고 그 근처에 있는 호수는 얼어 있었다. 그리고 멀리 중앙에 보이는 것은 눈 쌓인 산이었다.

"아, 망했다."

성준의 탄식에 수리가 그에게 사과했다.

"죄송합니다. 미리의 이야기를 듣고도 예상을 못했어요."

성준은 고개를 흔들었다.

"사람이 다 알 수는 없어. 자책할 필요 없어."

수리는 성준의 말에 감사를 표하며 앞으로 어떻게 할지 물었다.

"최대한 빨리 탈출하는 것으로 해야지. 추위 대비가 전혀 안 되어 있어."

성준은 초기 지역으로 돌아가면서 계속 고민했다.

성준과 수리가 돌아와서 일행에게 밖의 상황을 이야기하자 모두가 깜짝 놀랐다.

특히 미리와 친구들은 모두에게 미안한지 울상이 되었다.

"우리가 본 몬스터들은 모두 평범한 몬스터들이었어요. 다들 흰색 계열이긴 했지만 그게 눈하고 연관이 있을 줄은 몰랐어요."

다들 오히려 미리들을 위로해 주었다. 모두 미리의 이야기를 들었지만 전혀 예상하지 못한 사태였다.

성준은 앞으로 나서서 일행에게 이야기했다.

"기존의 계획은 모두 파기합니다. 우선 제가 정찰을 통해 안전한 길을 확보하고 그 내용을 토대로 최대한 빨리 한 번에 통과하는 방법이 좋을 것 같습니다."

"그냥 다 같이 움직이면 안 돼요?"

하은의 말에 성준이 고개를 흔들었다.

"너무 위험해. 몸이 날렵한 사람이 움직여서 길을 찾는 것이 좋아."

성준의 말에 모두 걱정되었지만 다른 방법이 없었다.

우선 오늘은 시간이 늦어 움직이지 않고 아침 일찍 출발하기로 했다. 성준은 가지고 옷들을 이용해 방한복을 만들었다.

옆에서 수리도 자신이 입을 옷을 준비하였다.

정 교관이 수리를 보고 말했다.

"수리 씨도 이곳에 남는 편이 좋지 않을까요?"

수리는 정 교관을 보고 대답했다.

"가디언은 주인이 먼저 죽으면 영기가 되어 사라집니다. 가디언은 주인 곁에서 주인보다 먼저 죽어야 합니다."

정 교관은 입을 꾹 닫고 자신의 자리로 돌아갔다.

성준은 옷을 가지고 이리저리 준비하는 수리를 빤히 바라보았다.

그날 밤은 모두 걱정 속에서 잠이 들었다. 그나마 시작 지점은 따뜻해서 모두 추위 걱정은 안 해도 되었다.

*　　*　　*

성준은 다음 날 많이 껴입어서 불편한 몸으로 일행에게 인사를 했다. 성준의 모습은 여러 가지 옷을 껴입고 둘둘 말아서 거지꼴이었다. 사람들은 걱정스러운 얼굴로 성준을 쳐다보았다.

성준이 떠나자 남은 사람들은 정 교관의 지시에 따라 훈련을 시작했다.

성준과 수리는 다시 한 번 동굴 끝에 도착했다. 강화된 몸

덕분에 여러 벌의 옷으로 만든 임시 방한복으로도 계속 움직
이면 버틸 수 있을 것 같았다. 하지만 멈추어 있거나 잠들면
분명하게 죽을 것 같았다.

성준은 얼굴을 감은 옷을 다시 묶고 수리와 함께 눈길을 출
발했다.

성준은 길을 걸으면서 수리에게 물어보았다.

"내가 지금까지 가본 2레벨 던전은 사막, 초원, 산, 숲, 거
기다가 이번에는 눈 지역까지 다양한데… 이유가 있어?"

수리는 입에서 입김을 내며 성준에게 대답했다.

"영기로 복제한 생물이 살아가는 데 최적의 환경을 만들어
서 테스트하는 거예요. 그리고 우리처럼 외부에서 진입했을
때 능력을 받은 생물의 대응 방법을 확인하기도 하고요."

"일종의 거대한 사파리군."

성준의 말에 수리가 고개를 끄덕였다.

눈은 점점 더 깊어졌다. 성준과 수리가 움직일 때마다 발이
푹푹 빠졌다. 힘으로 억지로 움직이고 있는 상황이다. 더군다
나 하늘에서는 눈이 내리기 시작했다.

"도대체 무슨 방법으로 눈이 내리는 거지?"

"영기로 조합해서 뿌리는 모양이에요."

성준은 수리의 말에 낭만이 없다고 속으로 투덜거렸다.

그리고 잠시 뒤 성준이 감각을 활성화하자 이상한 것이 감
각에 잡혔다. 성준은 수리를 멈추게 했다.

수리는 성준의 날카로운 감각에 신기해했다. 물어볼까도
생각했지만 좀 더 성준이 말해줄 때까지 기다려 보기로 했다.

성준의 전면에는 다른 곳과 마찬가지로 눈이 쌓여 있었다.
단지 지형이 조금 안 좋은지 눈이 쌓인 모양이 고르지를 못했
다.

"지형 때문에 생긴 굴곡이 아니야."

성준은 검을 소환했다. 눈 밑에 몬스터가 있었다. 몬스터
의 열기에 눈이 녹아 눈의 높이가 다른 것이었다.

수리도 검을 소환했다. 그리고 둘이 전면을 노려보고 있자
전면의 눈이 흔들렸다.

츄악!

그리고 잠시 뒤 성준의 앞쪽 눈이 폭발적으로 터져 나가면
서 몬스터들이 뛰쳐나왔다.

흰색의 개처럼 생긴 몬스터였다. 다리가 여섯 개가 아니
면 개로 오해하기 딱 좋았다.

─설원 포유류 실험체.

─1등급.

─설원 지형 테스트를 위해 제조.

—특이 능력: 없음.

—강점: 눈 속에 숨어 공격할 수 있다.

—단점: 참을성이 부족하다.

—분노.

성준은 능력을 사용해 움직이려다 수리의 방해를 받았다.

"훈련이라고 생각하고 검술로 싸워보세요."

그리고 수리는 자신의 앞에 온 몬스터를 향하여 검을 휘둘렀다.

성준은 능력을 사용할 생각을 멈추고 검을 들어 몬스터를 바라보았다. 감각을 활성화해서 몬스터의 움직임을 파악했다.

성준은 파악된 몬스터를 향해 검을 휘둘렀다.

그런데 습관대로 검을 휘두르다 검의 움직임에 위화감을 느끼기 시작했다. 잘못된 단추를 잠근 느낌이다.

성준은 검을 휘두르다가 거북하지 않은 방향으로 억지로 검의 방향을 바꾸었다. 근육은 고통을 호소했지만 검은 몬스터가 휘두르는 앞발에 부딪히지 않고 슬쩍 안쪽으로 들어가 몬스터의 다리를 베었다.

츄악!

몬스터는 앞쪽 다리 하나를 잃고 뒤로 껑충 뛰었다.

"아, 이런 식이군."

성준은 경험에 가까운 이론이 무엇인지 알 것 같았다. 어떻게 움직이는지 알고는 있는데 몸이 안 따라주는 상황이다. 몸을 경험에 맞추어야 했다.

"그런데 몸의 부하가 상당한데."

성준은 결국 상대하던 몬스터를 죽이고 투덜거렸다. 습관대로 움직이는 몸을 다른 식으로 움직이려니 몸이 상당히 고통스러운 것이다.

"좀 더 연습하면 괜찮아질 거예요."

대답하는 수리 앞에는 나머지 몬스터 모두가 쓰러져 있었다. 성준이 몬스터를 상대로 훈련할 수 있도록 나머지를 정리한 것이다.

그 뒤로 같은 몬스터가 나올 때마다 성준은 능력을 사용하지 않고 몬스터를 잡으면서 전진했다.

그렇게 전진하던 둘은 결국 주위에 가지만 남은 숲이 있는 작은 호수에 도착했다. 호수 바로 옆에는 다른 나무들보다 훨씬 큰 나무 한 그루가 서 있어 호수를 지키는 것 같았다. 그리고 그 호수는 얼음이 꽁꽁 얼어 있었다.

성준은 마지막 싸움에서 혼자 두 마리를 무찌를 수 있었다. 물론 수리는 그 두 배 이상을 죽였지만 말이다.

성준은 호수에 다가가 아래를 내려다보았다. 깊은 얼음 밑에 물고기가 돌아다니고 있었다.

드디어 영기회복석을 찾았다.

"얼음낚시를 해야 할 판이군."

성준은 검에 절단강화를 걸어 얼음에 검을 꽂았다. 우선 검으로 잘라낼 수 있는지 보려고 했다.

절단강화가 걸린 검은 힘겹게 얼음을 뚫고 밑으로 조금씩 내려갔다. 성준은 고개를 갸우뚱했다. 보통의 얼음이 이렇게 안 뚫릴 리가 없었다.

성준은 얼음에서 눈을 들어 앞을 바라보았다. 성준의 눈에 얼음에 덮인 호수, 그리고 가지뿐인 나무로 이루어진 숲이 보였다.

그리고 작은 호수의 반대편에 가지 하나를 호수에 드리우고 있는 거대한 나무를 발견했다.

성준은 등골이 오싹한 느낌에 영기분석을 사용했다.

—설원 식물형 실험체 각성 버전.

—2등급.

—설원 지형 테스트를 위해 제조.

—특이 능력 각성: 냉기 발생, 냉기 조정.

—강점: 물체를 얼리고 얼린 물체를 이동시킬 수 있다.

—단점: 이동 능력이 떨어진다.

―귀찮음.

나무가 아니고 엘리트 몬스터였다. 나무는 가지뿐인 온몸
을 흔들었다. 그러자 몸에서 소리가 울려 퍼졌다.

슈아아아앙!

그 소리가 울려 퍼지자 연못 옆에 있던 숲 전체가 흔들렸
다. 성준은 어이없단 표정으로 가지뿐인 나무들로 이루어진
숲을 보았다. 나무들이 가지로 땅을 디디고 뿌리를 뽑기 시작
했다. 모두 몬스터였다.

얼음에 꽂혀 있는 검을 바로 돌려보냈다. 그리고 성준과 수
리는 뒤도 안 돌아보고 도망쳤다.

성준은 달아나다가 뒤를 돌아보았다. 뒤에서 움직이던 나
무 몬스터들이 자신의 자리로 돌아가기 시작했다.

달리던 걸음을 멈추고 나무 몬스터들의 움직임을 보았다.
나무 몬스터들은 처음 몸을 일으킨 그 자리로 돌아가서 구멍
속에 몸을 넣었다. 이윽고 나무 몬스터들은 모두 원래의 모습
으로 돌아갔다.

커다란 나무도 떨던 몸을 멈추었다. 자신의 영역에서 일정
거리 이상 멀어지면 추격하는 것 같지 않았다.

숨을 돌린 성준은 주위를 확인했다. 나무 몬스터로 이루어
진 숲은 좌우로 멀리까지 이어져 있었다. 숲을 돌아가면 얼마

나 멀리 돌아야 할지 알 수가 없었다.

그나마 나무가 없는 곳은 이 작은 호수 위를 지나는 것인데 반대편에 떡하니 2레벨 엘리트 몬스터가 존재하는 것이다.

성준은 한숨을 내쉬었다. 우선 돌아가서 상의해 봐야 할 것 같았다. 아무래도 숲이 없는 곳까지 움직여서 확인하기에는 많을 시간이 필요할 것 같았다.

"돌아가자."

"네."

성준의 말에 수리는 바로 대답하고 성준을 따라 움직였다. 돌아가는 길에서 전보다는 적은 수의 몬스터들을 만났다. 하지만 성준은 몬스터와의 싸움이 배는 힘들어진 것 같았다. 실망이 피로가 된 모양이었다.

그런 성준의 옆에서 수리는 조용히 자신의 몫인 몬스터를 처리하고 있었다.

둘은 겨우 천장의 빛이 어두워질 무렵에야 다시 동굴의 입구에 도착할 수 있었다. 성준이 먹은 거라곤 점심으로 이동하면서 먹은 초콜릿 바가 전부인 상황이었다. 성준은 베이스캠프에 있는 사람들과 빨리 식사를 하고 싶었다.

둘이 동굴로 들어서서 내려가자 조금씩 따뜻해지기 시작했다. 잠시 뒤 둘은 일행이 반겨주는 베이스캠프에 도착했다.

"고생했어요."

성준은 안심이 되자 조금 나른한 느낌이 들었다. 그래서 사람들이 식사 준비를 하는 모습을 보면서 자리에 앉았다. 바닥에서 찬기가 올라왔다.

성준은 정신이 번쩍 들었다. 바로 감각을 활성화해 오전의 상황과 비교했다.

확실히 온도가 낮아졌다. 긴장한 성준은 조용히 정 교관을 불렀다.

"혹시 좀 추워지지 않았습니까?"

"아무래도 그런 것 같습니다. 한 5도 이상 떨어진 것 같습니다."

성준과 정 교관은 심각한 표정으로 식사를 준비하는 사람들을 보았다. 수리도 여성들 사이에서 이것저것 도와주고 있었다.

"아무래도 계속 기온이 내려갈지도 모르겠는데요."

"처음에는 따뜻하게 격리되었다가 누군가 들어오면 밖에서 들어오는 냉기에 기온이 낮아지는 것 같습니다. 결국은 밖의 온도와 내부 온도가 같아질지도 모릅니다."

둘은 고민스러운 얼굴이 되었다. 지금 가지고 있는 물건 중에서 열을 만들 수 있는 물건은 많지 않았다. 계속 추워진다면 오늘 저녁은 넘어갈 수 있지만 이삼 일 이상은 버티기 힘들 것이다. 더군다나 하루 안에 중앙까지 주파할 수 있을지도 알 수 없었다.

성준은 조용히 수리를 불렀다. 수리는 성준과 자신이 먹을 식사를 가지고 왔다. 정 교관은 그 모습을 보고 조용히 자신의 식사를 가져왔다. 조금 외로워 보인다.

성준은 우선 다른 사람에게는 비밀로 하기로 했다. 괜히 확실치 않은 일로 편안한 수면을 방해할 필요는 없을 것 같았다. 그리고 세 사람은 식사를 하면서 만약을 대비해 이야기를 나누었다.

*   *   *

다음 날 아침, 사람들은 문제의 심각성을 깨달았다. 침낭에서 나오는 사람들 모두 추위에 오싹한 느낌이 들었다.

"으으, 춥다. 늦가을 아침 같아."

미리의 이야기에 친구들이 고개를 끄덕였다.

"아무래도 이곳도 추워지는 것 같은데요."

보람이 옷을 껴입으면서 말했다. 오래 있을 것으로 생각해 옷을 많이 가져온 것이 다행이었다.

성준은 일어서서 모두를 향해 이야기했다.

"어제부터 조금씩 온도가 낮아지고 있습니다. 지금 보니 추워지는 속도가 더 빨라지는 것 같습니다."

성준의 이야기에 모두 집중했다.

"그래서 어제 정 교관님과 이야기를 나누었습니다."

성준은 수리를 빼고 말한 것이 미안한지 수리에게 눈길을 주었다. 수리가 미소를 지었다.

"어제는 확실하게 더 추워질지 알 수가 없어서 여러분에게 이야기하지 못했습니다. 양해 부탁드립니다."

성준은 계속 이야기했다.

"오늘 아침에 보니 이런 식으로 계속 추워지면 오늘 밤은 이곳에서 잘 수가 없을 것 같습니다."

성준은 모두를 둘러보았다.

"모두 지금 출발해서 이곳을 강행 돌파해야 할 것 같습니다. 어제 정 교관과 몇 가지 방안을 이야기해 보았는데 모두 그것에 대해 의논해 보도록 하죠."

회의에 참여하는 모두의 얼굴이 굳어 있다.

일행은 회의 후 가지고 온 옷들을 이용해서 방한복을 만들었다. 밖의 날씨는 이제 늦봄이라서 반팔을 입고 온 사람도 꽤 있었다. 그중에 한 명이 혜라였다. 혜라는 옷을 찢어 팔을 감싸면서 소리 내서 울었다.

"이건 어제 산 건데… 올 여름용 빅 아이템인데……! 엉엉!"

잠시 뒤 모두가 모이니 모습들이 볼 만했다. 다들 넝마를 입고 그 위에 방검복을 입은 모습이다. 그나마 방검복이 있어서 추위를 막아주는 것 같았다.

성준은 모두를 둘러보고 이야기했다.

"모두 출발합시다."

일행은 여러 겹으로 걸친 옷으로 인해 불편한 상태로 동굴을 나가기 시작했다.

동굴 끝에 다다르자 눈앞에 눈 덮인 대지가 펼쳐졌다. 그리고 멀리 작은 호수 하나와 중앙의 산을 빙 둘러싼 숲의 모습이 보였다.

성준은 다시 한 번 숲의 모습을 확인하고는 한숨을 내쉬었다. 역시 돌파해야 할 곳은 호수 쪽밖에는 없을 것 같았다.

일행은 모두 옷으로 만든 천으로 얼굴을 감고 눈 속으로 출발했다.

성준은 일행에게 주의를 주었다.

"눈 속에 개처럼 생긴 몬스터가 숨어 있습니다. 모두 주의해 주세요."

일행은 성준의 말에 주위를 둘러보았다. 하지만 일행에게 보이는 건 눈뿐이었다.

앞으로 진행하던 성준은 일행을 멈추어 세웠다. 그리고 다희에게 신호를 보냈다. 다희는 성준이 가리키는 방향으로 폭발 화살을 쏘아 보냈다.

펑!

화살은 눈에 닿자마자 폭파했다. 눈이 흩날리고 그 사이로 몬스터들이 박차고 나왔다.

하지만 이제 1레벨 일반 몬스터는 일행의 상대가 되지 못했다.

캥! 캥!

눈에서 뛰쳐나오는 족족 몬스터들은 머리에 화살을 맞고 쓰러졌다. 더군다나 관통 화살을 가지고 있는 혜라나 폭발 화살의 다희에게 당하는 몬스터는 몸의 한 부분이 뚫리거나 터져 버렸다.

결국 남자들은 모두 손도 못 풀어보고 몬스터가 전멸했다. 일행은 앞으로 나가기 시작했다.

그렇게 세 차례나 몬스터들을 여성들이 전멸시키니 남성들이 투덜거렸다.

"우리에게도 좀 보내. 걷기만 하니까 더 춥네."

재식이 대표로 여성들에게 말했다. 여성들이 고개를 끄덕였다.

그리고 일행은 눈 덮인 낮은 언덕을 올라가기 시작했다. 성준이 어제 온 길과 다른 길이었다. 하룻밤 사이에 눈길이 바뀐 것 같았다.

갑자기 성준이 일행을 멈추어 세웠다. 성준은 언덕 위를 뚫어져라 처다보았다. 잠시 뒤 언덕 위로 몬스터 한 마리가 올라왔다. 몬스터의 모습은 기존의 개 몬스터와 달랐다.

여섯 개의 다리는 같지만 더 커진 몸에 눈처럼 하얀 털이 온몸에 가득했다. 그리고 두 눈은 붉은 빛이 돌고 있고 머리에는 하얀 뿔이 솟아 있다.

성준은 바로 영기분석을 사용했다.

—설원 포유류 실험체 각성 버전.
—1등급.
—설원 지형 테스트를 위해 제조.
—특이 능력 각성: 광포.
—강점: 지능이 높고 전투에 익숙하다.
—단점: 감정이 격렬하다.
—경계.

"엘리트 몬스터입니다!"
성준의 외침에 모두 자세를 잡았다.
"우리 차례는 꼭 이런 놈이냐."
재식이 엘리트 몬스터를 보고 투덜거렸다.

일행이 언덕 위쪽을 바라보고 있을 때 그 위에 서 있는 엘리트 몬스터 옆으로 몬스터들이 하나둘씩 올라왔다.

언덕 위에 결국 서른 마리가 넘는 몬스터가 나타났다.

그러자 엘리트 몬스터의 뿔이 붉게 빛나기 시작했다. 그리고 주위에 있는 몬스터들의 눈이 붉게 변하면서 모두 하늘을 보고 울음을 토해냈다.

캬우우우우!

이어 몬스터들이 언덕 아래로 달려 내려왔다.

"발사!"

정 교관의 외침에 각자 목표를 겨냥하고 있던 사람들은 쇠뇌와 활을 목표에 쏘아 넣었다.

퍼퍼퍼퍽!

화살이 몬스터들의 몸에 깊이 박혔다.

하지만 그 어떤 몬스터도 고통스러워하지 않고 일행을 향하여 계속 달려 내려왔다.

"뒤로 물러서면서 계속 발사!"

정 교관은 창을 던지면서 일행에게 소리쳤다. 일행은 뒷걸음치면서 화살을 계속 날려 보냈다. 하지만 화살에 치명상을 입지 않아 기동력이 상실하지 않은 몬스터들이 미친 듯이 아래로 돌진해 일행을 따라잡았다.

성준과 수리가 앞으로 튀어나가고 재식과 호영이 일행 앞에서 자세를 잡았다.

성준은 이동 능력을 사용해서 몬스터들의 중심으로 뛰어들었다. 그리고 검을 휘둘렀다.

'어라라? 검이 몸을 이끄네?'

성준은 능력을 사용해서 가속화된 몸이 움직이는 모습을 마치 제삼자가 보는 것처럼 객관적으로 바라볼 수가 있었다.

검이 맨 앞 몬스터의 가슴을 베고 두 번째 몬스터를 향해 찌르고 있다. 그리고 몸이 검이 나아가는 것에 휘둘리고 있었다.

결국 성준이 몬스터의 중심을 관통하자 성준이 뚫고 나온 길에는 몬스터들이 피를 뿌리며 쓰러지고 있었다. 성준은 피가 흐르는 검을 털고 그 광경을 신기한 듯 바라보았다.

"주인님!"

수리가 성준을 불렀다. 전장 한가운데에 멍하니 있던 성준은 정신을 차렸다.

수리가 부드럽게 움직이면서 몬스터들 사이의 빈 공간을 지나가고 있었다. 그녀가 지나간 자리의 몬스터들은 관절이 베어져서 기동력을 상실하고 나뒹굴었다.

성준은 다시 뒤돌아서 몬스터들 사이로 뛰어들었다.

재식은 철저하게 몬스터들을 방어하고 있었다. 몬스터들은 덤벼드는 족족 재식의 방패에 튕겨 나갔다. 그리고 그 튕

겨 나간 몬스터들은 위에서 찍어 누르는 호영의 통나무 공격
에 납작하게 되어버렸다.

그리고 몬스터들이 일행 앞까지 다가오자 화살의 명중률
이 급격하게 올라갔다. 특히 여고생 3인방의 화살은 몬스터
를 마비시키기도 전에 머리를 꿰뚫고 있었다.

언덕 위에서 그 모습을 보던 엘리트 몬스터가 분노의 괴성
을 질렀다.

크엉!

그 고함 소리에 맞춰서 몬스터들의 움직임이 격렬해지기
시작했다. 그 탓에 재식의 몸 이곳저곳에 피가 비치기 시작했
다.

"이놈들아, 곱게 죽어! 상처 내지 말고!"

재식이 다친 모습을 보고 하은이 다가와서 치료하기 시작
했다.

재식은 고통이 사라지는 느낌에 얼굴이 묘해졌다.

"으~ 고통에 익숙해지면 안 되는데."

성준과 수리는 갑자기 몬스터들이 날뛰는 모습에 서로 마
주 보고 엘리트 몬스터를 향해 뛰어갔다.

성준이 먼저 이동 능력으로 수리를 앞질러 몬스터에게 도
착했다.

성준은 눈을 박차고 몬스터에게 몸을 날렸다. 성준은 몬스

터에게 접근해 절단강화가 걸린 검을 휘둘렀다.

몬스터가 검을 피해서 훌쩍 옆으로 이동했다.

성준은 깜짝 놀랐다. 이렇게 부드럽게 공격을 피한 놈은 1레벨에서 본 적이 없다.

성준은 몬스터를 지나 눈 위로 미끄러져 나가는 몸을 눈에 검을 꽂아 정지시키면서 몬스터를 바라보았다. 벌써부터 이동 능력을 강화시켜 사용해야 하는지 고민스러웠다. 후유증이 상당한 능력이다.

몬스터가 성준을 바라보면서 입을 벌려 이빨을 드러냈다. 이빨 사이로 굵은 침이 흘러내려 눈으로 떨어졌다.

잠시 성준과 엘리트 몬스터가 대치하고 있을 때 수리가 언덕 위로 올라왔다. 수리는 눈길을 마치 단단한 바닥을 걷는 것처럼 걸었다. 그녀가 몬스터에게 다가갔다.

"몬스터의 움직임이 굉장히 좋아!"

성준이 수리에게 외치는 사이 몬스터가 갑자기 등장한 수리를 향해 몸을 날렸다. 성준은 수리에게 말하느라 미처 반응하지 못했다.

몬스터는 수리가 들고 있는 검을 향해 한쪽 다리를 휘두르더니 바로 이어서 다른 쪽 다리도 휘둘렀다.

수리는 부드러운 움직임으로 한쪽 다리를 막았다. 하지만 다리의 힘이 너무나 강했는지 검과 팔이 반대로 튕겼다. 그러자 다른 쪽 다리를 막을 수 있는 방법이 없었다.

성준이 놀라 소리를 지르려고 하는데 반대쪽으로 튕겨 나갔던 수리의 검이 수리의 팔 위를 빙그르르 돌면서 수리의 몸을 타고 움직여 몬스터의 다른 쪽 발톱 공격을 막았다.

몬스터의 다리는 뒤로 튕겼고 수리의 검도 뒤로 튕겨 나갔다. 하지만 수리의 검은 뒤로 튕겨지다가 다시 한 번 수리의 어깨를 지나 팔 위를 거쳐 수리의 손으로 들어갔다.

그 모습은 마치 은빛 뱀 한 마리가 수리의 몸 위를 움직이는 것 같았다.

검을 잡은 수리는 양팔이 뒤로 튕겨진 엘리트 몬스터의 목에 검을 꽂았다.

커어엉!

엘리트 몬스터는 기다란 비명을 지르면서 뒤로 넘어가 연기가 돼서 흡수되었다.

수리는 몬스터가 사라지고 나온 구슬을 집어 들고 성준을 바라보며 활짝 웃었다.

성준은 그 모습을 그냥 바라볼 수밖에 없었다.

엘리트 몬스터가 죽자 그렇게 날뛰던 몬스터들은 바로 고통스런 비명을 지르면서 죽어갔다. 몬스터들은 잠시 뒤 모두 검은 연기가 돼서 일행에게 흡수되었다.

일행은 이곳에서 잠시 쉬기로 했다. 모두 모여 눈을 파 옆으로 밀어 주위에 벽을 높이 만들었다. 다들 힘이 좋으니 금방 사람 높이만 한 벽을 만들 수 있었다. 그리고 그 안에서 작은 불을 피워 간단히 식사를 하고 따뜻한 음료를 마셨다.

따뜻해지자 다들 한숨 돌린 모습이다. 격렬하게 움직이다가 멈추니 한기가 온 몸을 훑고 지나가는 것을 느낀 까닭이다.

성준은 옆에서 두 손으로 컵을 잡고 따뜻한 물을 마시고 있는 수리를 보면서 아까 본 검의 움직임에 대해 물어볼까 말까 심각하게 갈등했다.

수리가 넘겨준 검술에는 검이 그렇게 움직이는 것에 대해 나와 있지 않았다.

잠시 뒤 일행은 모두 기운을 회복하고 다시 움직이기 시작했다. 목표는 호수로 정했다. 나무 몬스터가 가득 찬 숲을 통과하기에는 무리가 있었기 때문이다.

일행의 앞으로 나와서 정찰을 하고 있던 성준은 옆에서 움직이는 수리에게 결국 물어보고 말았다.

"아까 엘리트 몬스터와 싸울 때 검의 움직임은 어떻게 한 거야?"

수리는 성준의 고심이 무색하게 바로 말해주었다.

"제 고유 능력이 영기화되어서 생긴 능력이에요."

성준은 수리의 능력을 기억해 냈다. '영기 검사' 라는 능력이다.

"영기로 검과 자신을 연결해서 검을 자신의 의지로 움직이는 것이에요. 제 검술이 발전하는 과정에 깨달음을 얻었는데 귀환자가 되면서 이런 능력으로 굳어졌어요."

수리는 발전이 멈추어 버린 자신의 기술에 아쉬움을 느끼는 모양이었다.

"그럼 레벨이 오르면 어떻게 되는 거지?"

"더 빠르게 더 자유롭게 더 멀리 움직이죠."

수리는 몽롱한 표정으로 과거를 회상했다. 성준은 과거의 수리 모습을 상상해 보다 생각을 멈추었다. 뭔가 무협 영화의 한 장면이 떠오를 것만 같았다.

일행은 눈앞에 호수가 보이는 언덕에 올라설 수 있었다.

성준은 일행을 돌아보았는데 모두 입술이 파란 것이 슬슬 걱정이 되었다.

"모두 준비되었죠? 엘리트 몬스터를 쓰러뜨리지 않아도 됩니다. 잠자는 엘리트 몬스터를 지나 호수와 숲을 최대한 빨리 벗어나는 것이 목표입니다. 모두 계획한 대로 움직입시다."

모두 장비를 점검하기 시작했다. 다들 옷과 추위로 굳은 몸을 풀고 각자의 무기와 방어구를 확인했다. 그리고 모두 준비를 마치자 성준은 일행을 돌아보고 말했다.

"출발합시다."

일행은 모두 최대한 빠른 속도로 얼어붙은 호수를 향해 달려갔다. 성준이 어제 확인한 호수의 얼음은 탱크가 지나가도 안전할 것 같았다.

일행이 호수에 접어들었다. 성준은 호수 건너편에 있는 엘리트 몬스터를 힐끔 보았다. 아직 움직임이 없는 게 잠든 것처럼 보였다.

일행이 호수의 중앙에 다 달았을 때까지 엘리트 몬스터가 아무 움직임이 없자 모두 조금씩 안심이 되었다. 어차피 싸울 것이 아니니 호수를 빨리 건널수록 좋았다.

그때 감각에 무언가 느껴졌다. 영기분석을 써야 할 때였다.

성준은 바로 엘리트 몬스터에게 영기분석을 사용했다.

―설원 식물형 실험체 각성 버전.

―2등급.

―설원 지형 테스트를 위해 제조.

―특이 능력 각성: 냉기 발생, 냉기 조정.

―강점: 물체를 얼리고 얼린 물체를 이동시킬 수 있다.

―단점: 이동 능력이 떨어진다.

―재미있음.

몬스터의 감정 상태가 '재미있음' 이었다. 성준은 일행에게 소리쳤다.

"함정이에요! 반대로 뒤돌아 달려요!"

성준에 외침에 일행은 바로 멈추어서 뒤돌아 달리기 시작했다.

엘리트 몬스터가 몸을 떨면서 움직이기 시작했다.

슈아아앙!

잠시 뒤 얼음에 드리우고 있는 가지에서 빛이 나기 시작했다.

쩍! 쩍!

가지에 닿은 얼음이 사방으로 갈라지기 시작했다. 그리고 그 얼음의 균열이 일행을 쫓아오기 시작했다.

미친 듯이 달리는 일행 뒤에서 성준은 뒤를 돌아보았다. 뒤에서는 엄청난 장면이 펼쳐지고 있었다.

일행의 바로 뒤를 따라오는 균열은 둘째 치고 엘리트 몬스터로부터 시작된 깨지고 부서진 얼음이 수없이 위로 떠오르고 있었다. 호수 전체의 얼음의 깨져서 위로 떠오르고 있는 것이었다.

성준은 달리면서 식은땀을 줄줄 흘렸다. 도대체 저 공중에 떠 있는 얼음들이 공격해 오면 막을 방법이 생각나지 않았다. 성준은 감각을 필사적으로 활성화하면서 주위를 둘러보았다.

슈우우욱! 쾅!

드디어 얼음 포격이 시작되었다. 일행이 달리는 옆으로 얼음 하나가 떨어져 바닥의 얼음을 뚫어버렸다. 떨어지는 얼음 숫자가 늘어나기 시작했다.

재식이 멈추어서 방패 능력을 사용하려고 했다. 그때였다. 앞에 달리던 보람이 뒤돌아서 성준에게 소리쳤다.

"저 좀 안아줘요!"

뜬금없는 소리에 성준은 어안이 벙벙했지만 쓸데없는 소리를 안 하는 보람을 믿고 보람을 안아 들고 달리기 시작했다.

보람은 성준에게 안긴 채 팔을 들어 올리고 인상을 쓰기 시작했다. 보람의 손에서 영기가 나와 물로 변해 사방으로 퍼졌다.

펑! 펑! 펑!

일행의 뒤와 머리 위에서 폭음이 들리면서 날아오던 얼음들이 서로 부딪치고 방향이 바뀌어서 떨어졌다. 일행의 머리 위로 얼음 가루가 쏟아졌다.

"얼음도 물이니 조금이나마 간섭할 수 있어요! 하지만 오래 못 버텨요! 영기가 부족해요!"

보람의 기지로 일행은 겨우 호수를 벗어날 수 있었다. 하지만 이미 숲을 이루고 있는 몬스터들이 잠에서 깨어나 일행을 포위하기 위해 멀리 반원을 그리면서 이동하고 있었다.

그리고 일행의 전면에는 출렁이는 호수를 배경으로 아직도 끝도 없이 떠 있는 얼음 너머로 엘리트 몬스터가 그 큰 덩치를 보이며 서 있었다.

"맙소사! 저 많은 얼음을 계속 띄우다니, 도대체 영기가 얼마나 되는 거야."

호영은 어이없다는 표정으로 얼음을 바라보았다. 성준의 옆에서는 보람이 영기가 다 떨어져서 발을 동동 구르고 있었다. 이대로는 도망도 치지 못하고 얼음 우박에 죽기 십상이었다.

성준은 감각을 올려 계속 주위를 살펴보았다.

―엘리트 몬스터의 끝없는 영기.
―끝없는 것은 없음. 공급처?
―가지가 물에 아직도 담겨 있음.
―물에 있는 것은?

"꼼수였나!"

성준은 검을 소환해 물속에 박아 넣었다. 그리고 독을 있는 힘껏 풀어버렸다.

"오냐, 회복석 승부 한 번 해보자."

호수 물에 녹색 물감이 사방으로 빠르게 퍼져 나갔다. 엘리트 몬스터는 갑자기 변하는 호수의 색에 당황했는지 잠시 움직이지 않았다.

그런데 녹색 물감이 엘리트 몬스터에 가지에 접촉하자 엘리트 몬스터는 가지를 물에서 빼내고 온몸을 떨면서 비명을 질러댔다.

쿠아아아앙!

그 소리에 멀리 포위망을 구축하던 나무 몬스터들이 일행을 향하여 움직이기 시작했다.

그리고 떠 있는 얼음의 상당수가 물로 떨어지기 시작했다. 성준은 자신의 밑에서 떠오른 물고기가 연기가 되자 바로 회복석을 주워 보람의 입에 넣어주었다.

"빨리 물을 움직여서 영기회복석을 끌어 모아!"

보람은 정신이 번쩍 들어서 두 손을 앞으로 하고 힘을 주었다. 보람의 두 손에서 검은 연기가 생성되더니 물로 변해 호수 물과 연결되었다.

잔잔하던 호수 물이 흐르기 시작했다. 사방으로 떨어지는 얼음 사이로 물길이 만들어졌다. 그리고 성준의 앞으로 영기회복석이 모여들기 시작했다.

"나무 몬스터가 접근했어요!"

헤라가 나무 몬스터를 경계하다가 소리쳤다.

성준이 앞에 모인 영기회복석을 한 움큼 줍더니 앞의 얼음을 향해 뛰면서 소리쳤다.

"영기회복석을 마음껏 사용해서 방어해!"

성준의 말에 보람이 물을 움직여서 물 위에 떠 있는 회복석을 자신 쪽으로 옮겨서 먹어버렸다. 그리고 두 팔을 좌우로 움직였다. 물줄기가 사방으로 움직여서 영기회복석을 일행에게 전달했다.

성준은 앞으로 점프하면서 수리에게 남아서 일행을 도와주라고 신호했다. 수리가 고개를 끄덕였다.

성준은 능력을 사용해서 사방에 떨어진 얼음을 밟으면서 엘리트 몬스터를 향해 나아갔다.

엘리트 몬스터는 아직도 독에 의해 놀란 것이 사라지지 않은 것 같았다. 성준은 이 기회를 이용하기 위해 최선을 다해 호수를 뛰어넘어 갔다.

성준이 호수를 넘어 엘리트 몬스터에게 거의 다가오자 그제야 엘리트 몬스터는 정신을 차렸다. 그리고 자신에게 다가오는 성준에게 분노를 터뜨렸다.

성준을 향해 아직도 떠 있는 얼음들이 쏟아졌다. 성준은 들고 있는 회복석을 입에 넣고 허공을 발로 차서 떨어지는 얼음의 밑을 아슬아슬하게 통과했다.

성준이 엘리트 몬스터에게 다가오자 엘리트 몬스터는 자신의 몸에 능력을 사용했다. 엘리트 몬스터는 아래에서부터 몸이 얼어붙기 시작했다. 강력한 방어 능력이었다.

성준은 감각을 활성화해서 그 사실을 알아차리고 땅을 박차서 위로 솟구쳤다. 공중에는 아직도 많은 얼음이 엘리트 몬스터 주위를 돌고 있었다.

성준은 정신없이 얼음들을 밟고 피하면서 엘리트 몬스터에게 접근했다.

벌써 허리까지 얼어버린 엘리트 몬스터는 다가오는 성준은 향해 이미 끝부분이 얼어버린 가지를 휘둘렀다.

성준이 얼어버린 가지를 절단강화가 걸린 검으로 튕겨내자 얼음이 깨져 허공에 비산했고, 성준은 반대로 튕겨져 나갔다. 성준은 튕겨져 나가면서 깨진 얼음을 보았다. 얼음은 바로 복구돼서 원상태로 돌아갔다.

혀를 찬 성준은 엘리트 몬스터의 몸을 보았다. 얼어버린 부분이 점점 올라오고 있었다. 성준은 능력을 사용해서 허공을 박차 다시 몬스터에게 덤벼들었다.

몬스터는 이번엔 다른 쪽 가지를 성준에게 휘둘렀다.

성준은 인상을 쓰면서 검을 휘둘렀다.

검을 휘두르다 다시 한 번 검의 움직임에 위화감이 느껴지기 시작했다. 문득 수리가 생각난 성준은 팔의 힘을 풀고 검의 움직임에 몸을 맡겼다.

검은 가지 옆을 스쳐 지나가면서 몬스터를 향하여 움직이기 시작했다. 가지는 성준의 이마를 스치면서 피를 뿜어냈지만 검의 이동을 막을 수는 없었다.

검은 어느덧 가지와 몸통 사이로 움직이고 있었다. 성준은 검의 움직임에 몸을 맡기면서 멍하니 흐름에 대해 생각했다.

검의 흐름, 영기의 흐름, 나뭇결의 흐름.

그리고 절단강화가 걸린 검은 나무 몬스터의 거친 나뭇결 사이로 자신의 몸을 깊이 박아 넣었다.

성준은 회복석을 입에 넣고 바로 능력을 전환해 몬스터에게 독을 퍼부었다.

잠시 뒤 엘리트 몬스터 주위를 돌고 있던 얼음들이 땅으로 떨어지고 엘리트 몬스터는 신음 같은 소리를 내더니 움직임을 멈추었다.

그리고 일행을 공격하던 몬스터들은 엘리트 몬스터가 움직임을 멈추자 다시 자신의 자리로 돌아가기 시작했다.

성준은 엘리트 몬스터가 검은 연기가 돼서 자신의 몸에 흡수되는 것을 느꼈다. 성준은 과연 얼마나 성장치가 올랐는지 궁금했다.

이번에는 자신의 검도 성장치가 100인 상황에 다른 사람이 엘리트 몬스터를 잡는 데 참여하지 않았으니 성장치가 상당히 올랐을 것이라고 생각했다.

─검투사 정보.
─영기 레벨 3.
─영기 성장치 55.
─영기 155.
─영기 능력치 215.

기본 정보만 확인한 성준은 고개를 갸웃거렸다. 아무래도 레벨이 오를수록 성장이 느려지는 모양이었다.

하지만 2레벨 엘리트 몬스터를 세 마리 정도만 더 잡으면 3레벨 구슬도 가지고 있으니 4레벨도 가능했다. 하지만 성준은 엘리트 몬스터를 잡을 생각에 다시 얼굴이 어두워졌다. 한 마리 잡을 때마다 죽을 고생을 하기 때문이다.

그리고 성준은 이번에 죽은 몬스터가 떨어뜨린 구슬을 확인했다.

─영기보석 영기 냉각화 레벨 2.

—레벨 2 영기 성장치 100 검투사를 3레벨 검투사로 만듦.

—레벨 3 이하의 검투사의 영기 성장치를 증가시킴.

—영기를 사용해서 물체를 얼릴 수 있다.

—물이 주위에 있으면 효과가 크다.

—적용 방법: 먹기.

성준은 구슬 내용을 확인한 후에 호수 너머를 바라보았다.

작은 호수 건너편에 일행이 손을 흔들고 있다. 성준은 능력을 사용해서 중간중간 물 위에 떠 있는 얼음을 조심스럽게 밟고 일행에게 돌아가기 시작했다.

일행에게 돌아가면서 성준은 얼음 사이를 건널 때 느끼는 아슬아슬함에 식은땀을 흘렸다. 조금 전에는 어떻게 마구 뛰어다녔는지 알 수가 없었다.

다행히 성준은 사고 없이 일행에게로 돌아올 수 있었다. 일행은 모두 무사했다. 한창 위험할 때 성준이 엘리트 몬스터를 없앴기 때문이다. 여태 보아온 바로는 같은 계열의 몬스터들은 엘리트 몬스터의 지배를 받는 것 같았다.

성준과 일행은 서로 수고했다고 덕담을 나누었다. 수리는 조용히 성준의 옆쪽에 섰는데, 하은은 수리를 한 번 째려보고 나서 성준과 이야기를 나누었다.

성준이 모두에게 말했다.

"모두 수고하셨습니다. 이곳은 추워서 쉬기는 힘들 것 같습니다. 우선 호수 반대편에 가서 쉴 곳을 찾도록 하죠."

성준의 말에 모두 고개를 끄덕였다. 성준은 보람에게 회복석이 얼마나 남았는지 물어보았다.

"다들 위험하기 전에 전투가 끝나서 얼마들 안 쓴 것 같아요. 확인해 봐야겠지만 저번보다 더 남았을 것 같아요."

보람의 말에 성준은 고개를 끄덕였다. 성준이 생각하기로는 회복석이 비장의 무기가 될 것 같았다. 최대한 많이 모아 놔야겠다고 생각했다.

성준은 일행을 확인하고 나서 다시 호수를 바라보았다. 호숫가에 나무 몬스터들이 가득 서 있었다.

호숫가로 이동할 수 있을지 확인하기 위해 우선 나무 몬스터들에게 접근해 보기로 했다.

성준은 몬스터들에게 조심스럽게 접근했다. 그리고 그중에 한 마리를 영기분석으로 확인했다.

—설원 식물형 실험체.

—1등급.

—설원 지형 테스트를 위해 제조.

—특이 능력: 없음.

—강점: 흙에 뿌리를 뻗어서 회복할 수 있다.

—단점: 이동 능력이 떨어진다.

—수면.

개체 수만 많지 않으면 성준 일행이 충분히 쓰러뜨릴 수 있는 몬스터였다. 단지 끝도 보이지 않는 숫자가 문제였다.

성준이 접근하자 가까이 있는 나무부터 움찔거리기 시작했다. 성준은 그 자리에 멈추었다.

성준이 영기분석으로 확인하자 수면 상태이던 몬스터들이 경계 상태로 바뀌었다.

어떤 방법인지 모르겠지만 일정 거리 이상 접근하면 반응하는 모양이었다.

성준은 조용히 일행에게로 돌아갔다. 그리고 방금 확인한 내용을 일행에게 이야기했다.

"아무래도 호숫가로 이동할 수는 없을 것 같아요. 나무 몬스터들이 호수에 너무 가까이 있어요."

사람들은 호수를 둘러보더니 모두 고개를 끄덕였다. 호수를 중심으로 양옆으로 숲이 이루어져 있었다. 엘리트 몬스터가 있던 자리 뒤쪽으로도 나무 몬스터가 있기는 하지만 그렇게 많아 보이지는 않았다.

일행은 모여서 고심했다. 더군다나 날씨가 더욱 추워지는 느낌이었다. 시계를 보니 저녁 시간까지 얼마 남지 않았다.

그때 호영이 손을 들어 이야기했다.

"내가 나무를 만들 테니 뗏목을 만드는 것이 어때?"

호영의 말에 모두 반색했다. 이곳에 나무 생산 공장이 있는 것이다.

"그럼 불을 피울 수도 있는 거잖아요?"

"불이 붙을까?"

미리와 소영의 말에 모두 기대에 찬 눈으로 호영을 바라보았다.

어쨌거나 일행은 우선 뗏목을 만들기 시작했다. 호영이 양손에서 검은 연기로 나무를 뽑아내면 다른 사람들이 잔가지 등을 쳐내고 가져온 로프로 묶었다.

성준이 호영에게 완전한 통나무로 만들 수는 없는지 물어보았으나 호영은 최대한 가깝게 만든 것이라고 고개를 흔들었다.

결국 일행이 뗏목을 완성한 것은 한 시간 정도 뒤였다. 귀환자들의 무지막지한 힘과 능력으로 뗏목은 금방 만들어졌다. 일행은 모두 뗏목으로 올라갔다.

그리고 뗏목 앞에 보람이 서서 손을 앞으로 내밀었다. 보람의 손에서 물이 생성돼서 물줄기가 호수와 연결되었다.

뗏목이 얼음을 피해가면서 앞으로 움직이기 시작했다.

"치료의 여신 다음에 물의 여신인가? 좋구나."

보람이 뗏목을 움직이는 신비로운 모습에 재식이 풀어진 얼굴로 한마디 했으나 여고생 트리오의 분노의 눈길을 받고 조용히 입을 닫았다.

'마비 침의 여신은 이상하군.'

성준도 조용히 있기로 했다.

다행히 뗏목은 상당히 튼튼하게 만들어졌는지 몇 번이나 얼음과 충돌했음에도 이상이 없었다. 일행은 무사히 호수 반대편에 도착할 수 있었다.

"도착했다!"

헤라가 기지개를 켜면서 작은 소리로 외쳤다. 다들 피곤한 얼굴이었다. 입술은 파랗게 돼서 더욱 안돼 보였다.

천장의 빛이 어두워지기 시작했다. 성준은 주위를 둘러보고 이 자리에서 쉬기로 했다.

엘리트 몬스터 때문인지 주위의 나무 몬스터들도 멀리 떨어져서 안전해 보였다.

"오늘은 여기서 쉬기로 하겠습니다. 모두 자리를 마련해 보도록 하죠."

성준의 말에 모두 움직이기 시작했다. 엘리트 몬스터가 있던 자리는 그나마 눈이 없었기에 그곳을 캠핑 자리로 하고 주위의 눈을 쌓아서 벽을 만들었다. 그리고 모두 모여 호영을 바라보았다.

호영은 모두의 눈길에 입맛을 다시면서 능력을 사용해 나무를 만들어냈다. 호영의 손에서 검은 연기가 뿜어져 나오더니 커다란 나무가 생성되었다.

쿵!

나무는 일행의 가운데 떨어졌다. 나뭇잎 없이 커다란 몸체에 잔가지가 몇 개 달린 나무였다. 성준은 우선 나뭇가지를 하나 꺾어 불을 붙여보았다.

불은 잘 붙었다.

"와!"

모두 주위의 나무 몬스터들이 깰까 봐 작게 환호성을 냈다.

성준이 앞으로 나서서 검에 절단강화를 걸고 나무를 자르기 시작했다.

"아무래도 상식 밖이야. 얼마 전까지만 해도 누가 이렇게 두꺼운 나무를 검 한 자루로 척척 잘라냈다고 하면 웃었을 텐데."

"하늘에서 뛰어다니기도 하는데, 뭘."

"하긴."

헤라와 다희의 말에 하은이 한마디 했다.

"너희들은 평범하고?"

화살로 커다란 구멍을 뚫거나 폭파시키는 두 여성은 딴청을 부렸다.

*   *   *

일행은 성준이 잘라놓은 나무로 모닥불을 피우고 주위에 빙 둘러서 잠자리를 만들었다. 그리고 불침번을 정하고 모두 잠자리에 들었다. 성준은 오늘도 중간 순서인 한밤중이었다.

시간이 지나고 한참 잠들어 있는 성준을 정 교관이 깨웠다. 성준은 피곤한 얼굴로 자리에서 일어났다. 성준이 일어나자 수리도 조용히 눈을 뜨고 자리에서 일어났다.

그렇게 성준과 수리가 일어나자 정 교관과 헤라가 잠자리에 들었다. 성준은 능력을 사용해서 주위를 살핀 후 이상이 없자 모닥불 앞에 앉았다. 모닥불 옆에는 성준이 열심히 잘라놓은 장작이 쌓여 있었다.

성준이 모닥불에 장작을 넣고 있자 수리도 주변을 살핀 후 자리에 앉았다. 그리고 잠시 뒤 자신의 주머니에서 구슬 한 개를 꺼내고 연기로 구슬을 하나 더 만들어 성준에게 주었다. 그동안 수리가 챙긴 구슬이었다.

성준은 고맙다고 말하고 먼저 연기로 만든 구슬을 확인했다.

―영기보석 영기 발출 레벨 3.

―레벨 3 영기 성장치 100 검투사를 4레벨 검투사로 만듦.

―레벨 4 이하의 검투사의 영기 성장치를 증가시킴.

―영기를 몸의 한 부분에서 쏘아 보냄.

―영기를 직접적으로 사용해서 소모가 큼.

―적용 방법: 먹기.

이 구슬은 수리가 목을 벤 보스 몬스터의 구슬이었다. 시간 가속이 나오지 않아 성준은 무척이나 아쉬웠다. 그리고 다른 구슬도 확인했다.

―영기보석 광포화 레벨 1.

―레벨 1 영기 성장치 100 진입자를 2레벨 검투사로 만듦.

―레벨 2 이하의 검투사의 영기 성장치를 증가시킴.

―주변 동료의 고통을 잊게 하고 분노를 증가시킴.

―죽기 전에 취소할 방법이 없다.

―적용 방법: 먹기.

이것은 이곳에 오기 전에 잡은 개처럼 생긴 다리 여섯 개짜리 엘리트 몬스터에서 나온 것이었다. 성준은 정보를 보고 고개를 흔들었다.

이것은 성장치 증가용으로만 사용해야 할 것 같았다. 파는 것도 위험해 보였다.

성준은 구슬의 내용을 확인하고 주머니에 넣으면서 수리를 바라보았다. 무언가 궁금한 게 있다는 표정이었기 때문이다.

"궁금한 것이 뭐야? 계속 그렇게 궁금한 표정을 지으면서 왜 안 물어봐?"

수리는 성준의 말에 조심스럽게 물었다.

"혹시 주인님의 고유 능력이 무엇인지 알 수 있을까요?"

성준은 의아해했다. 그때 정보 교환으로 다 알아차린 줄 알았던 것이다.

"정보 교환으로는 능력 중에 보석으로 습득한 내용만 알 수 있었어요. 주인님의 고유한 능력을 파악할 수 없었어요."

성준은 자신의 영기분석 레벨이 수리의 정보 교환 능력보다 높다는 것을 생각해 냈다.

자신이 보스 몬스터의 일부 정보를 못 보는 것처럼 비슷한 계열의 능력은 서로 방해하는 모양이었다.

성준은 생각에 잠겼다. 자신의 정보를 수리에게 알려주어도 될지 잘 몰랐다. 성준은 수리에게 물어보았다.

"이런 말해서 미안한데, 혹시 수리가 다시 죽으면 구슬로 변하는 건가? 그것을 먹는 사람은 다시 수리의 주인이 되고?"

성준도 자신이 그동안 궁금하던 것을 물어보았다. 자신의 능력을 밝히는 문제를 제외하고도 궁금하던 문제였다.

수리는 고개를 흔들었다.

"전에는 저의 의지로 구슬에 제 존재를 담아 전달해서 주인님의 가디언이 된 것입니다. 이제는 제가 죽으면 능력 구슬만 남을 거예요."

수리는 슬픈 표정으로 말했다.

수리의 아픈 부분을 건드린 것 같아 미안했다.

성준은 수리에게 자신의 능력을 알려주기로 했다. 그래서 자신이 원래 가지고 있던 감각이 어떻게 영기분석으로 변했는지 이야기해 주었다.

이야기를 다 들은 수리의 표정이 심각해졌다. 잠시 뒤 수리는 성준에게 낮은 목소리로 말했다.

"주인님의 능력은 아마 괴물들에게 제일 위험한 능력일 거예요. 만약 주인님의 능력을 괴물들이 알면 앞뒤 안 가리고 주인님을 없애려고 할 거예요."

수리는 성준에게 겁을 잔뜩 주었다.

"주인님의 능력이 강화되면 나중에는 괴물들의 가장 중요한 비밀까지도 다 알 수 있을지도 몰라요. 주인님께서 저를 구해주신 것이 당연했어요."

수리는 성준을 똑바로 바라보면서 말했다.

"저는 오랜 세월 동안 계속 괴물을 멸망시킬 자를 보내달라고 소원했습니다. 그 소원이 이루어진 것입니다."

성준을 바라보는 수리의 눈이 별처럼 빛났다.

"저 에보나 수리는 영혼을 걸고 주인님을 지켜드리겠습니다."

천장의 빛나는 돌이 별이 되어 빛나고 모닥불만이 홀로 움직이고 있는 가운데, 아름다운 가디언은 성준을 향해 영혼을 걸고 맹세했다.

*　　*　　*

다음 날 아침, 일행은 모두 나쁘지 않은 상태로 일어났다. 모닥불의 영향이 크게 작용한 모양이었다. 하지만 사람들이 침낭 속에서 벗어나자마자 바로 추워하는 모습에 빨리 던전을 벗어나야겠다고 성준은 생각했다.

일행은 일어나 빠르게 준비를 마쳤다. 오늘은 이 던전을 벗어나야 했다. 모두들 너무 추워서 최대한 빨리 벗어나고 싶어 했다.

성준이 자신의 장비를 점검하고 주위를 둘러보자 모두들 벌써 준비를 마치고 성준을 보고 있었다. 성준은 머리를 긁적

거리고는 일행에게 말했다.

"이제 앞쪽 100미터 남짓한 나무 몬스터로 이루어진 숲만이 남았습니다. 모두 최대한 빨리 통과하도록 합시다."

성준은 일행을 이끌고 숲을 향하여 전진했다. 일행이 접근하자 나무 몬스터들이 꿈틀거리며 움직이기 시작했다. 성준은 몬스터가 움직이기 시작하자 일행에게 소리쳤다.

"진형을 갖추고 최대 속도로!"

일행은 모두 바람처럼 뛰어갔다. 강화된 신체와 그동안 겪은 전투로 말미암아 그들의 움직임은 잘 단련된 병사들보다 더 훌륭해 보였다.

일행이 숲에 거의 도착하자 일행의 주변 모든 나무가 깨어났다. 일행의 앞에 있던 나무 몬스터들이 일행을 향해 공격하기 시작했다. 그리고 멀리 떨어진 나무 몬스터들은 일행에게 접근하기 위해 자신의 뿌리를 땅에서 뽑기 시작했다.

슈아아앙!

나무 몬스터들의 몸체에서 나는 울림이 온 숲을 휩쓸었다.

일행은 전투에 돌입했다. 전면에 있는 나무를 향해 다희가 폭발 화살을 날려 길을 만들었다. 그리고 측면에서 접근해 오는 나무들은 여고생들이 마비 화살을 날려 잠시나마 쫓아오지 못하게 만들었다.

그리고 그 사이를 뚫고 오는 나무들은 재식이 방패 능력으로 막고 호영이 나무를 던져 방해했다.

정 교관과 헤라도 창과 화살로 접근하는 나무를 날려 버리고 구멍을 뚫었다. 다른 여성들도 화살로 최대한 몬스터들을 방해했다.

수리는 일행 뒤에서 몬스터들의 접근을 막았다. 수리의 검이 움직일 때마다 뒤에서 쫓아오던 몬스터들의 가지와 뿌리가 잘려 바닥에 나뒹굴었다.

그리고 성준은 폭발 화살이 만든 길로 총알같이 튀어나갔다. 성준은 눈앞에 보이는 나무 괴물을 검으로 갈라 버리고 반으로 갈라진 몬스터의 몸체를 걷어차면서 대각선으로 뛰어 다음 나무 몬스터에 검을 찔러 넣었다.

검으로 독을 몬스터에 넣어준 후 다시 몬스터를 발로 차서 다른 몬스터를 향해 날아갔다. 그렇게 성준은 숲의 끝을 향해 나아갔다.

"와! 성준 씨, 아까부터 땅에 발을 한 번도 안 딛고 움직이고 있어!"

폭발 화살을 날리면서 다희가 놀라서 소리쳤다.

"영기회복석을 쓰고 있나? 영기가 부족할 텐데?"

"속도가 늦어졌다 빨라졌다 하는 게 꼭 필요한 양만큼 쓰면서 움직이는 것 같은 걸?"

헤라의 궁금증에 다희가 대답했다.

"전에는 슈퍼맨이더니 이제는 메뚜기맨이군."

"이상한 별명 만들지 마!"

헤라의 말에 재식을 치료하고 있던 하은이 소리쳤다.

일행의 폭풍 같은 진격에 숲은 그야말로 구멍이 뻥 뚫렸다. 일행이 숲을 빠져나와 숲과 어느 정도 거리가 되자 나무 몬스터들은 다시 자신의 자리로 돌아가기 시작했다.

일행은 그 자리에서 한숨을 내쉬었다. 일행의 입에서 하얀 입김이 나왔다.

성준은 몸의 열기를 식히면서 몸 상태를 점검했다.

점점 능력의 사용이 능숙해지는 느낌이 들었다. 저번 보스와의 전투에서 극한으로 몸과 정신을 움직인 것이 도움이 된 것 같았다. 특히 검술은 확연히 늘어난 것이 느껴졌다.

성준은 자신의 몸 상태에 만족했다

이제 슬슬 레벨에 맞는 역량이 되어가는 것 같았다. 성준은 주위를 둘러보았다. 많은 사람이 2레벨 성장치를 다 채워가는 것 같았다. 빨리 2레벨 엘리트 몬스터들을 잡아야 할 것 같았다.

성준은 일행에서 눈을 돌려 전방을 바라보았다. 낮고 작은 산이 보였다.

언덕이라고 하기에는 좀 큰 뒷동산의 느낌이다. 산은 민둥

산으로 군데군데 암석이 보이는 하얗게 눈 덮인 산이었다. 산 정상에는 항상 보아오던 건물이 떡하니 보이고 있었다.

"얼마 안 남았습니다. 힘내세요. 곧 따뜻한 서울로 돌아갈 수 있습니다."

일행은 모두 힘을 내서 눈 덮인 산을 오르기 시작했다. 산은 비탈이 심하지 않아서 크게 어려운 느낌은 없었다. 성준은 혹시 몰라 계속 감각을 활성화해서 주위를 살폈다.

산의 중턱까지 올라간 성준은 일행을 멈추었다. 무엇인가 이상했다. 놀랍도록 강화된 감각이 계속 경고하고 있었지만 실제로 주위엔 이상한 점이 없었다.

성준에 눈에는 눈 덮인 산만이 보일 뿐이었다. 중간중간 바위가 눈 밖으로 살짝 보이고는 있지만 그 어디에서도 이상한 점은 발견할 수가 없었다.

성준이 일행을 멈추고 계속 앞만 바라보고 있자 수리가 성준에게 다가왔다.

"무슨 문제가 있나요?"

"무엇인가 위화감이 느껴지는데 원인을 모르겠어."

수리는 성준의 말에 앞을 보더니 정 교관에게 말했다.

"앞에 적이 있을 확률이 높답니다. 날려 버리죠."

성준은 수리의 과감함에 혀를 내두르고 말았다.

정 교관은 수리의 말에 장거리 투사 무기를 사용하는 사람들에게 전방을 향해 사격을 명했다.

슈슈슉!

쾅!

픽!

전방을 향해 각종 물체가 날아갔다. 화살과 창, 나무가 전방을 향해 쏟아져 바닥을 터뜨리고 뚫어버렸다.

캬아아악!

각종 소리를 뚫고 한 가닥의 비명 소리가 들렸다. 성준은 감각을 활성화해서 전방을 주시했다.

찾았다. 폭발 화살에 눈이 맞았는데 눈이 안 튀어 오르고 흔들리고만 있었다.

"폭발 화살을 맞은 곳에 몬스터가 있어요! 눈으로 위장하고 있어요!"

성준의 말에 일행은 폭발 화살이 떨어진 곳에 공격을 집중했다. 그러자 공격을 받은 눈이 터져 나가며 위로 비산했다.

"공격 중지! 지금 이동했어요! 원형으로 방어!"

성준의 말에 모두 원형으로 자리를 잡았다.

성준은 원형진 밖으로 나와 감각을 활성화해서 사방을 둘러보았다. 하지만 도저히 몬스터를 찾을 수가 없었다. 이렇게 자신의 능력을 벗어나는 존재는 처음이었다.

성준은 방법을 찾을 수 없자 뒤에 있는 모두에게 말했다.

"제 시야로는 몬스터가 숨어 있는 것을 찾을 수가 없습니다. 방법이 없을까요?"

몇 가지 이야기가 나왔지만 별로 기대하기 힘든 이야기였다. 그때 미영이 나서서 말했다.

"제가 미끼가 되어볼게요. 성장치를 100까지 채워서 두 번까지 피할 수 있어요."

미영의 말에 호영이 자신도 모르게 하지 말라고 하려 했지만 미영은 호영의 팔을 붙잡고 미소를 지었다.

"저도 조합원이에요. 제 할 일은 해야죠."

다른 사람들이 말리기도 전에 미영은 원형진 밖으로 나왔다. 그리고 산책하듯이 유유히 일행 앞의 눈길을 걸어가기 시작했다.

성준은 인상을 쓰고 감각을 활성화해서 미영의 주위를 계속 조사했다. 처음으로 자신의 능력에 회의를 느꼈다.

다른 일행은 원형진에서 자신의 앞을 경계하면서도 미영이 움직이는 모습을 곁눈질로 계속 확인했다. 호영은 잔뜩 긴장해서 두 손을 미영을 향하여 가리키고 있었다.

그리고 성준은 결국 찾을 수 있었다. 미영의 발자국이 땅이 닿고 조금 후에 생기는 것을 확인했다. 성준은 검에 절단강화를 걸고 튀어나갔다.

캬아앙!

동시에 미영의 아래에서 흰 눈이 거대한 입으로 변해 미영을 삼키면서 위로 솟구쳤다.

처음에는 눈이 길어지는 것처럼 보이다가 몸체가 모두 눈에서 떨어지자 실체가 드러났다. 공중에 떠오른 몬스터는 거대한 둥근 복어처럼 생겼다.

몬스터가 뱃속에 포만감이 전혀 느껴지지 않아 의아함을 느끼는 순간, 옆구리에 강력한 충격을 받았다.

몬스터는 성준의 강력한 베기를 맞고 그대로 튕겨져 나갔다. 멀리 튕겨진 몬스터는 눈에 떨어지자마자 눈으로 흡수되어 버렸다.

성준은 몬스터를 날려 버리고 바닥에 내려섰다. 성준의 옆에는 능력을 사용해서 몬스터를 통과한 미영이 서 있었다.

"사라져 버렸는데 어쩌죠?"

미영의 걱정스러운 말에 성준은 씩 웃었다.

"잡을 수 있어요."

성준은 방금 본 몬스터의 영기분석을 생각했다.

─설원 동화형 실험체 각성 버전.

─2등급.

─설원 지형 테스트를 위해 제조.

─특이 능력 각성: 동화, 충격 흡수.

―강점: 물체와 자동으로 동화돼서 파악하기 힘들다.

―단점: 능력을 동시에 사용할 수 없다.

―의문.

2레벨 엘리트 몬스터의 동화 능력이었다. 지금 자신의 능력으로는 2레벨의 동화 능력을 찾을 수 없는 모양이었다.

하지만 놈을 잡을 방법은 찾았다. 자동으로 되는 동화라면 이쪽도 방법이 있었다.

미영을 다시 원형진 안으로 보낸 성준은 정 교관에게 물었다.

"저번 밤에 불을 피우던 기름 아직도 있나요?"

"네. 그 뒤로 항상 일정량을 가지고 다니죠."

성준은 바로 호영을 불러 사방으로 나무를 소환해 바닥을 다지게 했다. 몬스터는 눈치를 보는지 아직 성준의 감각에 느껴지지 않았다.

바닥을 모두 다지자 성준은 기름을 모두 주위에 뿌리도록 했다. 기름은 다져져서 얼음처럼 굳은 눈 위를 흘렀다. 그리고 기다렸다.

잠시 뒤 성준의 감각에 무엇인가 걸렸다. 성준이 소리쳤다.

"지금!"

성준의 말에 미리가 준비한 불화살을 기름에 쏘았다. 굳게 다져진 눈 위를 흐르던 기름이 불화살을 맞아 타올랐다. 불길이 일행의 주위로 타올랐다.

한쪽의 다져진 눈이 불붙은 채 뒤쪽으로 튀어나왔다. 일행은 그 방향으로 일제히 불화살을 발사했다. 몬스터는 몸이 다 벗어나기도 전에 온몸에 불화살을 뒤집어썼다.

몬스터는 불덩어리를 뒤집어쓴 채로 겨우 빠져나왔다. 몬스터는 능력을 사용해서 온몸에 붙은 불을 튕겨냈지만 화상으로 몸이 엉망이었다. 동화 중이었던 몬스터는 충격 흡수로 일행의 공격을 방어할 수 없었다.

몬스터는 이번에야말로 멀리 숨어 있기로 했다. 너무나 급하게 움직여서 당한 것 같았다. 그런 몬스터가 날아가는 방향에서 공기가 터지는 소리가 들렸다.

펑!

"그렇게 빠져나오면 섭하지!"

성준이 허공을 발로 박차는 소리였다.

성준은 몬스터가 튕겨 나오는 동시에 능력을 사용해서 몬스터보다 더 빨리 날아가고 있었다. 그리고 허공 도약으로 몬스터에게 달려들었다.

쾅!

성준은 몬스터를 향해 검을 힘차게 휘둘렀다.

아쉽게도 검은 몬스터의 충격 흡수에 막혀 상처를 주지 못했다. 몬스터와 성준은 반대로 튕겨 나갔다.

그리고 원래의 자리로 튕겨진 몬스터는 다시 한 번 불구덩이에 빠졌다. 그리고 몬스터의 자동 동화 능력은 몸을 눈과 불붙은 기름으로 동화시켰다.

몬스터는 이번에는 다시 불속을 빠져나오지 못하고 불화살 세례를 뒤집어썼다. 동화 능력 중에는 충격 흡수를 쓸 수가 없으니 의외로 약점이 심한 몬스터였다. 하지만 성준을 제외하면 누구도 발견할 수 없으니 일반인에게는 무서운 몬스터였을 것이다.

성준은 불길 속에서 연기가 돼서 사라지는 몬스터를 보면서 자신의 능력에 대해 다시 생각해 보았다.

몬스터가 사라지자 보람이 물을 생성해서 기름을 덮어 불을 껐다. 그러자 그 자리에 구슬 하나가 있다.

성준이 구슬을 집자 어느새 미영이 성준의 앞으로 다가와 성준을 향해 손바닥을 내밀면서 미소를 지었다.

호영은 앞으로의 밤이 더욱 험난해질 것 같았다.

성준은 미영의 손을 보다가 자신이 잡은 구슬의 정보를 확인했다.

―영기보석 동화 레벨 2.

―레벨 2 영기 성장치 100 검투사를 3레벨 검투사로 만듦.

―레벨 3 이하의 검투사의 영기 성장치를 증가시킴.

―물체와 동화될 수 있음.

―동화 시 이동이 느려진다.

―적용 방법: 먹기.

다행히 동화 능력이었다. 성준은 주위를 둘러보고 미영에게 말했다.

"아직 안전한 것 같지 않으니 일행 중에 반대가 없으면 안전한 지역에서 드리겠습니다."

미영은 입술을 앞으로 내밀고 고개를 휙 돌려 일행에게로 돌아갔다. 성준은 다른 구슬도 포함해서 안전한 곳에서 확인해야겠다고 생각했다.

일행은 모두 자리를 정리하고 출발 준비를 했다. 건물까지 얼마 안 남았다. 성준은 일행의 앞에서 계속 주위를 감시했다.

다행히 더 이상의 몬스터는 없었다. 일행은 모두 작은 산꼭대기에 있는 건물로 들어설 수 있었다. 모두 추위가 싫어서어서 돌아가고 싶은 마음만이 가득한 것 같았다.

성준보다 먼저 수리가 귀환 기둥으로 다가가 귀환 기둥을 손으로 쓰다듬었다.

성준이 수리 옆으로 다가갔다. 수리가 성준이 다가온 것을 보고 말했다.

"이곳은 제가 오지 않은 곳인데, 다른 분들께서는 이곳을 지나가셨네요. 그들은 저희 종족같이 마지막이 아니었으면 좋겠어요."

성준은 수리의 말에 고개를 끄덕이면서 귀환 기둥을 확인했다. 이제 성준은 이 기둥에 적혀 있는 글자가 지구의 글자가 아니라는 것을 알았다.

시간제한 귀환 쇠기둥.

10분 시간제한. 시간 안에 소환된 몬스터를 다 잡으면 보스 룸 이동 존으로 변함.

딸이 점점 강해지고 있음. 다행임.

4레벨 몬스터홀 등장! 엄청 빡셈! 여기를 깨고 거기 가야 하는데 걱정됨.

4레벨은 한 번 깨봤음. 근데 어디가 끝이지?

수리가 글을 보더니 성준에게 말했다.

"정말 강한 분들도 있는 모양이에요. 마지막 분은 정말 대단하네요."

성준도 저 마지막 글의 우주괴수를 보고 싶기는 했다.

일행은 자리를 잡기 시작했다. 보람이 나서서 문양에 손을 올리기로 했다. 자신은 한 손으로도 충분히 지원이 가능하기 때문에 괜찮다고 했다.

성준은 정 교관에게 신호했다. 정 교관은 일행을 모두 각자의 자리에 배치했다.

불침번 때 성준이 수리에게 전술에 대해 아는 것이 있는지 물어보았다. 하지만 수리는 자신은 전사라서 그런 분야는 전공이 아니고 정 교관이 충분히 잘하고 있으니 걱정하지 말라고 이야기했다.

그 말을 할 때 수리의 눈이 묘하게 빛났지만 거짓말은 아닌 것 같으니 성준은 물러서기로 했다.

그리고 성준의 지시로 보람이 문양에 손을 올렸다.

귀환 기둥이 빛을 내기 시작했다. 그리고 일행의 앞에 몬스터 한 마리가 등장했다.

몬스터는 흰 털의 설인처럼 보였다. 성준은 영기분석을 했다.

─설원 유인원형 실험체.
─1등급.
─설원 지형 테스트를 위해 제조.
─특이 능력: 없음.

—강점: 상당한 힘이 부여되었다.

—단점: 평범하다.

—의아함.

펵!

성준이 영기분석을 마치자 몬스터의 가슴에 구멍이 뻥 뚫렸다. 여고생들의 화살 공격이었다. 성준은 한숨을 내쉬었다.

그 뒤로는 몬스터가 나오자마자 모두 바로 연기로 변했다. 몬스터가 여덟 마리가 등장하자 그제야 재식이 방패를 사용해 볼 수가 있었다.

여덟 마리 중 세 마리는 창과 능력 화살들에게 박살 나고 나머지 중 세 마리는 여고생 삼인방의 의해 정지당했다. 그리고 한 마리는 호영의 통나무 공격에 멀리 나가떨어졌다.

나머지 한 마리만이 일행에게 접근할 수가 있었는데 재식의 방패의 의해 튕겨져 나갔다. 그리고 화살 공격으로 몬스터들의 목숨은 끊어졌다. 모두 이제 1레벨의 평범한 몬스터는 많은 수가 아니라면 무난하게 승리할 수 있는 실력들이 된 것 같았다.

이제 엘리트 몬스터 차례였다. 다들 어떤 능력을 가진 몬스터가 나올지 궁금해했다.

그리고 허공의 문양에서 몬스터가 등장했다. 성준은 바로 몬스터를 영기분석으로 확인했다.

—설원 유인원형 실험체 각성 버전.

—1등급.

—설원 지형 테스트를 위해 제조.

—특이 능력 각성: 진동.

—강점: 손에 부딪치는 물체에 강력한 진동을 줄 수 있다.

—단점: 능력 외에는 평범하다.

—놀람.

성준은 몬스터의 능력에 의아해했다. 실제로 어떤 능력인지 알 수가 없었다. 그때 몬스터가 크게 고함을 지르면서 땅을 내려쳤다.

쾅!

쿠르르릉!

몬스터가 바닥을 내려치자 건물 전체가 크게 흔들렸다.

"지진도 만들 수 있나?"

모두들 자세를 못 잡고 쓰러지고 말았다. 그나마 수리만이 겨우 자세를 잡고 있을 뿐 다른 사람들은 아예 넘어져서 중심을 못 잡았다.

몬스터는 크게 웃더니 다시 한 번 두 손을 들었다.

몬스터가 바닥을 다시 내려치려고 하자 성준이 쓰러진 채로 능력을 사용해서 손을 바닥으로 내려쳤다.

쾅!

쿠르르릉!

다시 몬스터가 바닥을 내려쳤을 때 성준은 이미 공중을 날아가고 있었다. 하지만 성준이 점프한 방향은 몬스터와 다른 방향이라서 몬스터는 성준을 비웃는 표정으로 바라보았다.

성준은 능력을 사용해 허공을 걷어찼다. 그리고 어안이 벙벙해 있는 몬스터의 옆을 지나가면서 몬스터의 목을 날려 버렸다.

몬스터는 하늘을 날면서도 이해할 수 없다는 표정이었다. 몬스터는 그 표정 그대로 연기가 되어 흡수되었다.

성준은 몬스터가 사라진 자리에 있는 구슬을 주웠다.

―영기보석 진동 레벨 1.

―레벨 1 영기 성장치 100 진입자를 2레벨 검투사로 만듦.

―레벨 2 이하의 검투사의 영기 성장치를 증가시킴.

―손에 접촉하는 물체에 진동을 일으킬 수 있음.

―영기의 사용량에 의해 진동의 크기가 결정됨.

―적용 방법: 먹기.

성준은 고개를 갸웃거렸다. 이 능력으로 뭘 할 수 있을지 알 수가 없었다. 바닥을 내려쳤다가 아군까지 피해를 줄 것 같았다.

성준이 구슬을 보고 있을 때 성준의 옆으로 문양이 나타났다. 그리고 몬스터가 밑으로 떨어져 성준을 보고 그 주먹을 내려쳤다. 성준이 깜짝 놀라 몬스터의 공격을 능력을 사용해 피하면서 일행을 돌아보았다.

일행은 모두 엎드려서 하얗게 된 얼굴을 하고 헛구역질을 하고 있었다. 보람은 억지로 귀환 기둥을 붙잡고 있었다.

'무서운 공격이었군.'

성준은 뒤로 날아가면서 시계를 보았다. 조금만 시간을 끌면 될 것 같았다.

'모두 미안. 조금만 참아.'

새로 나온 몬스터 중 한 녀석이 바닥을 내려쳐 지진을 만들고 다른 녀석은 일행에게 접근하고 있었다. 진동에 강한 저항력이 있는 모양이었다.

성준은 바닥에 닿는 즉시 능력을 사용해서 접근하는 몬스터를 향해 뛰었다. 몬스터는 성준이 날아오는 것을 보고 성준을 향해 주먹을 휘둘렀다.

성준은 이번에 진화된 능력을 사용해 보기로 했다. 감각을 활성화해서 주먹이 날아오는 것을 확인하고 검을 쥐지 않은 손으로 공기를 살짝 밀어내 몬스터의 주먹을 피했다. 그리고 검을 몬스터의 팔을 타고 내려 보내서 몬스터의 어깨를 잘라 버렸다.

성준은 이 모든 일을 한순간에 해내는 데 성공했다. 그리고 성준은 몬스터를 지나 바닥에 내려앉았다. 성준의 공격을 받은 몬스터는 팔에서 피를 내뿜더니 곧 쓰러져 연기가 되어 사라졌다.

성준은 자신의 만족스러운 움직임에 기뻐하다가 얼굴이 하얗게 변하며 넘어져 버렸다. 아직도 다른 몬스터가 바닥에 진동을 만들고 있는 것을 까먹고 있었던 것이다.

그렇게 일행 모두가 바닥에 넘어져 있을 때 귀환 기둥의 시간이 끝났다.

그리고 안쪽 사람부터 투명하게 변하면서 사라져 갔다. 성준은 겨우 기어서 구슬을 잡고 투명하게 변했다.

일행은 모두 돌아갔다.

*　　　*　　　*

중국 정부는 상하이 외부 던전화에 필사적으로 대비했다. 쿤차이를 사방으로 찾아다니는 한편, 다른 나라에서 2레벨 귀환자를 찾았다.

2레벨 귀환자가 된 사람은 그래도 꽤 있었다. 도시의 던전화로 생긴 넘버 피플이 워낙 많았기 때문에 그런 넘버 피플 중에 2레벨 귀환자까지 되는 사람들이 생겨나고 있었다.

하지만 2레벨 귀환자 중에 한 번이라도 2레벨 던전에 들어갔다가 생존해서 나온 사람은 전 세계를 통틀어도 20여 명밖에 되지 않았다.

2레벨 몬스터홀 자체를 제거한 한국과 미국이 있었지만, 미국팀은 일본에서 전멸했고 한국팀은 몬스터홀에 들어가서 연락이 안 되고 있었다.

중국 정부는 상하이의 주민을 최대한 소개하려고 노력했다. 하지만 정부가 소개하기도 전에 정보가 유출돼서 상하이의 모든 교통이 마비되어 버렸다.

중국 정부가 겨우 인도네시아 귀환자 팀인 네 명의 귀환자를 상하이로 불러들였을 때는 이미 상하이에 던전화가 시작되어 버렸다.

교통마비로 발이 묶인 상당수 사람들이 던전화가 된 지역에 갇혀 버리자 정부 관계자는 망연자실했다.

"제발 외부 던전을 제거해 주시기 바랍니다. 저희 중국 정부는 최대한 여러분께 보답해 드리겠습니다."

정부 관계자는 아예 빌듯이 귀환자들에게 요청했다. 하지만 이들은 그 부탁을 들어줄 생각이 없었다.

2레벨 지역을 다른 귀환자들 목숨과 자신들의 기지로 최대한 숨어서 돌파해 겨우 살아난 귀환자들이었다. 이런 곳에서 목숨을 잃을 수는 없었다.

하지만 성의는 보여야 했다.

"우선 던전화 지역을 관통해서 몬스터홀까지 가보도록 하죠. 최대한 노력해 보겠습니다."

그리고 이들은 던전화 지역으로 진입했다.

밖에서 기다리던 사람들은 두 손 모아 그들이 성공하기를 기원했고, 마감 시간이 얼마 안 남았을 때 상하이의 하늘에 떠 있는 문양이 사라지기 시작했다.

그들이 성공한 것이었다.

기다리던 사람들은 모두 환호했다. 소망은 했지만 크게 기대하지 않고 있던 일이 일어난 것이다. 그렇게 모두 기뻐하고 있을 때 몬스터홀 방향에서 한 사람이 나타났다.

쿤차이였다.

사람들이 모두 굳어버리자 쿤차이는 모두에게 말했다.

"몬스터홀은 내가 들어가서 정리했다. 며칠 전 갑자기 괴한의 공격에 부상당해 겨우 치료하고 이곳에 도착했다. 어쨌든 늦어서 미안하다."

쿤차이의 말에 정부 관계자는 겨우 궁금한 내용을 물어보왔다.

"혹시 인도네시아에서 온 2레벨 귀환자들을 못 보았나요?"

쮠차이는 고개를 흔들었다. 보지 못했다는 것이다.

"아마 몬스터들에게 죽었나 보지."

잠시 뒤 실종된 귀환자들은 잊고 사람들은 뒷수습을 위해 뛰어다녔다.

그 모습을 보던 쮠차이는 자신의 팔목을 보았다.

3

9ㅁ

18ㅁ

"이제 얼마 남지 않았군. 이번 먹이는 나름 숫자가 많이 올랐어."

쮠차이는 영기로 2레벨 던전의 보스를 죽이고 얻은 구슬을 만들어냈다. 그리고 손에 쥐고 있는 3레벨 구슬을 보면서 미소를 지었다.

제3장
격돌 Ⅰ

몬스터홀 바닥에 누워 있는 일행은 그제야 살겠다는 표정
들이었다.

그동안 계속 추운 상태에다가 마지막에는 극심한 멀미까
지 겪은 상황이다.

"아, 공기가 따뜻하다."

"이곳은 땅바닥이 안 흔들려!"

어떤 사람은 입고 있던 넝마가 다 된 옷을 풀어헤치고 늘어
져 있고, 또 다른 누군가는 바닥에 착 붙어 있었다. 늦은 오후
의 공기는 따뜻했다.

성준도 축 늘어져서 따뜻함을 만끽했다.

그런 일행 위에서 소리가 들려왔다. 군인들이 성준 등이 나타난 것을 보고 외치는 소리였다. 성준은 군인들을 향해 손을 흔들었다.

잠시 뒤 일행은 모두 위로 올려졌다. 성준은 마지막으로 올라와서 일행을 확인했다. 여고생들은 자신들이 원해서 간 몬스터홀 때문에 다들 힘들어하자 풀이 죽어 있었다. 그리고 다른 사람들은 이제야 살 것 같다는 표정들이었다.

미영은 성준 앞에서 손을 흔들고 있었다. 구슬을 달라는 몸짓이다.

우선은 모두 서울로 돌아가야 할 것 같았다. 성준은 맡겨두었던 핸드폰을 받아 운전기사에게 전화를 걸었다. 예상보다 일찍 일행이 도착했지만 운전기사는 성실하게 대기하고 있었다. 성준은 운전기사에게 빨리 와달라고 하고 전화를 끊었다.

성준은 늘어져 있는 일행을 보고 조 단장에게 전화를 걸었다.

―성준 씨, 빨리 나오셨네요?

"네. 던전 내부가 예상과는 달라서 최대한 빨리 나왔습니다."

성준의 말에 조 단장이 걱정스럽게 물었다.

―다들 괜찮으신가요?

"네. 다행히 아무도 다치지 않았습니다. 별일은 없었나요?"

―별일이야 항상 많죠. 성준 씨 덕분에 저도 상당히 욕을 먹었습니다. 제 잘못도 크기 때문에 넘어가도록 하겠습니다.

"하하하!"

성준이 몬스터홀로 들어가면서 터뜨린 홈페이지 일로 조 단장이 고생을 많이 한 모양이었다.

―그 건은 따로 저희와 이야기를 좀 해야 할 것 같고요, 몬스터홀에 들어가실 때 이야기한 중국 쪽 사건은 간단하게 말씀드리자면 상하이가 던전이 되어버렸고 쿼차이가 등장해서 상하이를 구원했습니다.

성준은 뭔가 많이 빠진 이야기에 어리둥절했다.

"뭔가 많이 짧군요."

―그 안에 여러 가지 이야기가 있지만 나중에 직접 만나서 이야기하도록 하죠.

"네."

성준은 전화를 끊고 고개를 갸웃거렸다. 쿼차이가 무엇 때문에 실종되었다가 나타났는지 알 수가 없었다. 정보가 너무 없었다.

잠시 뒤 버스가 운동장에 도착했다. 모두들 버스를 타자마자 피곤했는지 바로 잠들어 버렸다. 버스는 서울을 향하여 움직이기 시작했다.

다음 날 아침, 성준은 귀에 들리는 시끄러운 소리에 눈을 떴다. 성준은 자리에서 일어나 시계를 보았다. 예상보다 조금 이른 시간이다. 다행히 강해진 몸은 성준에게 상쾌한 기분을 전해주었다.

성준은 손으로 얼굴을 비비고 밖으로 나가보았다. 밖에서 여성들의 웃음소리가 들려오고 있었다.

성준이 거실로 나가니 부엌 쪽에서 여성들의 말소리가 들렸다.

"수리 씨, 불을 좀 더 줄여요."

"이 정도인가요?"

"악! 꺼졌다. 언니, 너무 줄였어요."

성준이 목소리를 들으니 수리와 하은, 보람이었다. 다들 부엌에서 무엇을 만드는지 시끄러웠다. 성준은 부엌으로 가보았다.

"뭐 하고 있어요, 이른 아침에?"

그 말에 모두 성준에게 인사를 했다.

"오빠, 일어났어요?"

"성준 씨, 일어나셨네요."

"성준 님, 좋은 아침이에요."

성준은 모두에게 손을 흔들고 다시 한 번 물었다.

"언니한테 음식 만드는 법을 알려주는 거예요. 어제 차에서 들으니까 여태 둘이서 인스턴트 음식만 먹었다면서요? 그래서 보람 언니하고 같이 수리 언니한테 요리 특강 중이에요. 헤헤."

성준은 둘의 말에 할 말이 없어 고맙다는 인사만 하고 부엌에서 쫓겨나다시피 하여 나왔다. 성준이 나가는 모습을 보고 보람과 하은이 밑으로 손을 짝 부딪쳤다.

수리와 성준 둘이 있는 것에 하은이 불안하여 보람을 꼬셔서 아침에 쳐들어온 것이다.

둘이 어떻게 있나 감시도 하고 성준의 집도 구경할 겸, 수리에게 요리를 알려준다는 핑계를 댄 것이다.

수리는 둘이 손뼉을 치는 모습에 슬쩍 미소를 지었다.

성준은 오랜만에 집에서 한 요리를 맛볼 수 있었다.

덕분에 맛있게 먹은 성준은 보람들과 함께 사무실로 내려갔다.

사무실에는 어젯밤에 돌아온 이후로 집에 돌아가지 못하고 오피스텔에서 뻗어버린 사람들이 모두 휴게실에 모여 있었다. 그래도 다들 체력을 회복했는지 기운을 차린 모습들이었다.

그 일행에 합류해서 커피타임을 가진 후 성준은 모두를 회의실로 모았다.

일행은 툴툴거리면서도 성준의 말에 따라 회의실로 자리를 옮겼다.

회의실에서 보람이 우선 홈페이지 건으로 보고를 했다. 보람은 어제 도착한 후 쉬지도 않고 조합 일을 한 모양이었다.

"저희가 대구 몬스터홀에 들어가고 나서 바로 한국의 포털 사이트와 구글 등 각종 인터넷 광고에 대대적으로 저희 홈페이지 홍보를 했습니다. 약 100억 정도의 예산을 들여 홍보를 벌이고 있고 홈페이지 방문자 수도 상당히 좋은 편입니다."

보람은 터치패드를 보면서 말을 이었다.

"하지만 저희가 실질적으로 원하는 것은 귀환자 가입자 수입니다. 다행히 현재 2만 명 이상의 가입자가 발생했습니다. 가입 질문으로 확인한 결과 대다수가 외부 던전으로 발생한 넘버 피플로 보입니다."

보람은 터치패드에서 눈을 돌리고 이야기했다.

"현재 귀환자를 위한 전용 사이트가 거의 없고 구슬을 판매하는 사이트가 전무한 상황에서 귀환자들의 중심이 될 여지는 충분합니다."

성준은 보람이 잠시 말을 멈추자 물었다.

"구슬 경매는 어떻게 되었나요?"

보람은 잠시 들고 있는 터치패드를 만지더니 눈을 크게 떴다.

"금액이 좀 큰데요?"

모두 금액이 크다는 말에 보람에게 집중했다.

"이미 100억을 돌파했습니다. 계속 오르고 있는데요? 경매에 참여하기 위해서는 일정 금액을 공탁해야 해서 가짜로 경매를 걸기는 힘들 텐데……."

그 말에 모두 놀랄 때 성준이 이야기했다.

"아마 각국의 정부가 나섰는지도 모릅니다. 저희의 목표는 홈페이지 홍보 쪽이 더 컸으니 좋은 성과군요. 경매 쪽은 제가 좀 더 준비해서 처리하겠습니다."

성준이 홈페이지 건은 그렇게 마무리하고 영기를 뽑아내서 구슬을 만들어 책상 위에 올려놓았다.

보스 몬스터가 토해낸 3레벨 구슬 두 개, 그리고 이번 던전에서 구한 2레벨 구슬 두 개와 1레벨 구슬 세 개였다.

"이 3레벨 구슬은 계속 보관하고 있겠습니다. 그리고 1레벨 구슬은 원하시는 분이 있으면 성장치 증가용으로 30억에 드릴 수 있습니다."

대부분 고개를 흔들었다. 이번 던전에서도 모두 성장치가 상당히 올랐다. 이미 100에 도달한 사람도 있었다.

하지만 한 명은 2레벨 구슬을 보면서 갈등하고 있었다. 보람이었다. 성장치가 아직 100이 되지 못하였지만 냉기 공격을 한 나무 몬스터가 떨어뜨린 구슬이 자신을 유혹하는 것 같았다.

잠시 뒤 보람마저 머뭇거리다가 포기하고 고개를 흔들자 성준은 1레벨 구슬을 하나 따로 빼내었다.

"이 구슬은 주변 몬스터들을 광포화시키는 몬스터에게서 나온 구슬입니다. 상당히 위험해 보이는 구슬이라서 성장치 증가용으로 사용해야 합니다."

성준은 그 1레벨 구슬을 다시 영기로 만들었다.

"그리고 다른 1레벨 구슬은 이번 경매 후에 어떻게 처리할지 정하도록 하겠습니다."

이제 2레벨 구슬 차례였다. 미영의 몸이 들썩이고 있었다. 정 교관과 재식도 몸이 움찔거리지만 참는 모습이다.

"여기에 100이 된 사람이 세 명 있군요. 우선 이 눈 속에 숨는 몬스터에게서 나온 것은 미영 씨에게 주겠습니다. 눈과 동화되는 것이나 방어가 강해지는 것이나 둘 다 미영 씨에게 어울리는 것 같기 때문입니다."

성준은 주위를 둘러보아 반대하는 사람이 없는 것을 확인했다. 그리고 다른 구슬을 보고 정 교관과 재식을 바라보았다.

"나는 이번에는 참겠습니다. 제가 먹을 것이 아닌 것 같습니다."

"우, 나도 참아볼게."

정 교관과 재식이 식욕을 이겨내고 뒤로 물러섰다. 둘 다 보람을 위해서 물러나 준 것이다. 그리고 그 모습을 본 다른 사람들도 고개를 끄덕였다.

보람은 두 사람에게 미안해하며 말했다.

"제가 먹었으면 좋겠지만 성장치가 모자라요. 두 분 중에 한 분이 쓰세요."

성준은 영기분석 능력을 사용해서 보람의 성장치를 확인했다. 그리고 성준은 보람에게 따로 빼놓은 1레벨 광포화 구슬과 2레벨 냉각화 구슬을 내밀었다. 자신의 팔목에 검 문양이 꿈틀거리는 것 같았지만 무시했다.

"1레벨 구슬이면 얼추 100이 될 거야. 돈이 모자라면 조합 차원에서 빌려줄 수도 있어."

보람은 고개를 흔들었다.

"돈은 있어요. 감사합니다."

그렇게 해서 그 자리에서 두 명의 여성이 3레벨이 되었다. 성준은 그 두 명 여성의 정보를 확인했다.

—검투사 정보.

—영기 레벨 3.

—영기 성장치 0.

—영기 100.

—물 이용 레벨 2; 냉각화 레벨 1.

—영기화된 컴파운드 쇠뇌, 영기화된 제식 창.

—영기 능력치 160.

보람의 능력치였다. 이제 물을 이용한 여러 가지 능력도 사용할 수 있을 것이다. 그리고 성준은 이어 미영의 정보도 확인했다.

—검투사 정보.

—영기 레벨 3.

—영기 성장치 0.

—영기 100.

—육체 영기화 레벨 2, 동화 레벨 1.

—영기화된 컴파운드 쇠뇌, 영기화된 제식 창.

—영기 능력치 160.

이제 한 명씩 3레벨이 도달하기 시작했다. 성준도 자신의 정보를 확인했다.

─검투사 정보.
─영기 레벨 3.
─영기 성장치 65.
─영기 219.
─영기 능력치 225.

4레벨까지 얼마 남지 않았다. 성준은 두 개의 3레벨 구슬을 바라보고 구슬을 다시 문양으로 만들었다.

*   *   *

이곳은 러시아의 한 건물 지하이다. 숨겨진 러시아의 군 전략사령부가 있는 곳이다. 전면에는 여러 개의 화면이 각 도시의 장면을 보여주고 있고, 그 화면을 많은 사람이 지켜보고 있었다.

화면에는 하늘에 커다란 검은색 문양이 돌고 있고, 도시에는 거대한 몬스터들이 움직이고 있었다.

그리고 잠시 뒤 화면의 전자시계가 영을 가리키자 화면에 있는 문양이 사라지고 도시의 모든 몬스터들이 사라졌다.

화면을 보고 있던 모든 관계자가 일어서서 손뼉을 쳤다. 드디어 한 명의 피해도 없이 2레벨 몬스터홀의 외부 던전화를 이겨낸 것이다.

러시아에서도 2레벨의 몬스터홀이 발생했다.

러시아는 2레벨 귀환자들의 희생을 막고자 거대한 실험을 하기로 결정했다. 2레벨 몬스터홀의 외부 던전화를 묵인한 것이다. 대신 몬스터홀이 발생한 투멘시 전체의 사람들을 모두 소개했던 것이다.

문양은 계속 커졌지만 일정 이상은 커지지 않고 멈추어 버렸다. 그리고 몬스터들이 날뛰어 도시는 파괴되었지만 모두 꾹 참고 상황을 지켜보았다. 그리고 지금 한 명의 사망자도 내지 않고 외부 던전화를 이겨낸 것이다.

그렇게 모든 사람들이 자축하고 있을 때 화면 하나에서 이상한 모습이 잡히기 시작했다. 러시아 첩보위성으로 잡고 있는 몬스터홀 바닥의 문양이었다. 문양은 점점 모양이 바뀌어 갔다. 그리고 모두가 한 번도 본 적이 없는 문양이 되었다.

3레벨 몬스터홀이 지구에 생성되었다.

*   *   *

모두들 3레벨이 된 보람과 미영의 모습에 자신들도 레벨 업에 대한 기대를 가졌다. 눈앞에서 다음 레벨로 성장하는 모습을 보니 자신들도 빨리 더욱 성장하고 싶은 것이다.

그리고 성준은 남은 영기회복석을 모두 모았다. 이번에는 저번에 구한 양보다 조금 더 많아 보였다. 성준은 위급 시에 사용할 분량을 각자에게 지급하고 나머지는 저번처럼 보람에게 관리를 지시했다.

"모두 수고했어요. 오늘 하루는 쉬도록 하죠. 내일부터 3일 동안 훈련과 조합 업무를 진행하도록 하겠습니다. 그리고 3일 뒤 회의 때 다음 진입할 몬스터홀을 정하도록 하겠습니다."

성준은 미리 등을 보면서 사과했다.

"대구 몬스터홀은 좀 더 시간이 지나서 가기로 하자. 그 몬스터홀은 너무 환경이 안 좋아서 지금 상태로는 위험할 수 있어."

여고생들은 고개를 끄덕였다. 자신들도 경험한 추위에 오히려 모두에게 미안하기만 했다.

"제가 이번에 우리나라에 있는 모든 몬스터홀의 최고 레벨을 알아오도록 하겠습니다. 보람 씨가 조합 업무를 담당하고 정 교관님께 여러분의 훈련을 부탁드리겠습니다. 나머지 분들은 두 분의 말을 잘 따라주시기 바랍니다. 그럼 해산!"

성준은 기분 좋게 말을 끝맺었다.

"네!"

모두 즐거운 마음으로 회의실 밖으로 나갔다. 모두 집으로 돌아가는 모습에 성준은 수리를 보고 고민에 잠겼다.

수리는 성준에 모습에 의아해했다.

"왜 그러세요? 제가 무슨 잘못이라도 했나요?"

"아니, 그게 아니라… 나도 지금 집으로 돌아가야 하는데 수리에게 어떻게 이야기할지 고민이라서. 거기다 집이 아직 이사를 못 가서 좁기도 하고……."

수리는 샐쭉한 표정으로 성준에게 말했다.

"저야 소환 해제하시고 혼자 가시면 되죠, 뭐."

성준은 수리에 말에 두 손을 들고 말했다.

"우선 가자. 가다 보면 방법이 생각나겠지."

성준은 집에 도착해서 문 앞에 설 때까지 아무 방법도 생각이 나지 않았다.

성준의 옆에서 수리는 예쁜 원피스를 입고 조신하게 서 있었다. 그동안 여성들의 특훈으로 거의 완벽하게 현대 도시 미녀의 모습이 되어 있다.

성준은 한숨을 쉬고 비밀 번호를 누르고 문을 열었다.

"어? 오빠 왔네? 고생 많았어."

거실에 여동생이 앉아 텔레비전을 보다가 성준이 들어오

는 것을 보고 말했다. 화면에는 여동생이 일기예보를 하고 있었다. 자신이 일기예보한 영상을 모니터링하는 중이었나 보다.

"집에 있었네? 출근 안 했어?"

"오늘 월차야. 요즘 정신없이 지냈는데 하루는 쉬어야지."

여동생은 성준의 모습만 확인하고 다시 텔레비전으로 시선을 돌렸다. 성준은 한숨을 쉬고 거실로 들어와 수리를 불렀다.

"들어와."

"실례합니다."

역시 수리의 능력에 의한 학습과 여성들의 교육은 완벽했다. 수리는 조신한 모습으로 집에 들어서면서 인사를 했다.

그리고 낯선 여성의 목소리에 고개를 돌린 지연은 수리의 모습에 입을 딱 벌렸다.

잠시 뒤 정신을 차린 지연은 조용히 자리에서 일어나더니 수리에게 곱게 인사를 했다. 그리고 수리를 거실에 있는 작은 소파에 앉히고 부엌에 가서 음료수를 가져와 수리에게 주었다.

그리고 성준을 잡아끌고 방으로 들어갔다.

"누구야? 어떻게 된 거야? 다른 여자는 어떡하고? 한국인도 아니잖아! 아닌가? 한국말도 잘하는데."

지연은 방에 들어와 작은 소리로 성준에게 속사포처럼 쏘아댔다. 성준은 지연에게 잘못 말했다가는 나중에 고생할 것을 대비해 사실대로 말했다.

지연은 성준의 이야기가 끝나자 말했다.

"그냥 외국 여자 만나서 데려왔다 그러면 안 될까? 난 지금 전혀 이야기가 수습이 안 되는데."

"그냥 내 친구가 놀러 왔다고 생각하고 대하면 돼."

"정말 그런다?"

성준은 어깨를 으쓱했다.

지연은 잠시 심호흡을 했다. 성준의 이야기에 현실의 충격을 느낀 까닭이다. 그리고 주먹을 굳게 쥐고 지연은 밖으로 나갔다. 다행히 지연은 수리와 이야기가 잘 통했다. 지연은 수리와 즐겁게 이야기를 나누었다.

그리고 저녁때 부모님이 들어오시고 다시 한 번 집안에 난리가 났다. 성준은 다시 설명했는데 부모님은 전혀 이해를 못했다.

"그냥 괴물들에게 고향을 잃어버리고 괴물들에게 잡혀 있는 걸 제가 구해줘서 같이 다니게 됐다고 아시면 돼요."

성준의 말에 옆에서 지연이 명쾌한 설명이라면서 칭찬했다.

그제야 대충 이해한 부모님은 수리를 딸처럼 대하기 시작했다. 아마도 성준의 어머니는 며느릿감으로 수리를 확인하는 눈치였다.

그렇게 함께하는 즐거운 저녁 식사 시간이 지나고 수리는 지연과 함께 지연의 방에서 잤다.

다음 날 수리는 아침을 먹고 성준의 부모님께 감사의 인사를 드렸다. 회사로 가는 길에 수리가 성준에게 말했다.

"좋은 부모님이고 좋은 가족이네요."

성준은 운전을 하면서 고개를 끄덕였다.

"으윽. 스포츠카는 원래 이렇게 불편한 거야?"

뒷좌석에 앉아서 지연이 투덜거렸다. 지연은 오늘도 회사 출근을 오빠 차로 하고 있었다.

"그래도 이 차는 세단에 가까워서 그나마 괜찮은 거야."

아무래도 귀환자로 강화된 성준과 수리와는 승차감을 다르게 느끼는 모양이었다.

"참, 수리 언니는 어디서 자요?"

"성준 님 집에서 같이 자는데요?"

"엑?"

지연의 목소리가 높아졌다.

"다른 방에서 자는 거야. 오해하지 마."

성준이 급하게 설명해 주었다.

"우와, 놀랐다."

지연이 투덜거렸다.

"아무튼 처신 잘해. 여성의 한은 무서운 거야."

성준은 지연의 말에 등이 오싹했다.

지연을 방송국에 내려주고 성준과 수리는 조합 사무실에
도착했다. 조합 사무실은 이제 사람들 소리로 북적거리고 있
었다.

얼마 전에 사람들을 뽑으면서 조합 사무실은 건물의 한 층
을 모두 사용하게 되었다. 아직 다른 사무실이 들어오기 전이
라서 빨리 계약할 수 있었다.

기존의 사무실은 계속 귀환자들이 사용할 수 있게 했다. 덕
분에 여성들은 간부 수면실을 사용할 수 있어서 환호성을 내
질렀다. 오피스텔도 따로 있는데 간부 수면실이 어지간히 좋
은 모양이었다.

그리고 새로운 사무실은 세 개로 나누었다. 한 사무실은 귀
환자 조합의 사무를 처리할 사람들이 있는 곳으로 사무실의
관리, 귀환자들의 지원, 자금 부분 등을 담당했다.

그리고 다른 사무실은 귀환자 홈페이지 관련 업무를 하는
사람들이 사용했다. 계속해서 던전과 몬스터의 정보를 업데
이트하고 게시판의 관리 및 경매를 담당했다.

그 두 사무실은 보람이 총책임을 담당했다. 다행히 보람이 숨겨오던 실력을 드러내서 진두지휘를 해나갔다. 알고 보니 길성태 팀장의 업무 능력의 태반이 보람의 능력이었다.

나머지 하나의 사무실은 아직 비어 있었다. 성준은 이곳을 경비업체로 채울 생각이었다. 언제까지 정부의 보호를 받으면서 내부 정보를 노출시킬 수는 없었다.

얼마 전 사진 사건으로 성준의 마음이 더욱 굳어졌다.

귀환자들은 몬스터홀에 들어가지 않을 때는 조합 사무실에 나와 오전에는 정 교관의 지시에 따라 훈련을 받고, 오후에는 보람의 지시로 홈페이지에 올릴 던전과 몬스터의 자료를 정리한다든가 하며 일을 하고 있었다.

성준은 보람을 만나러 사무실로 들어갔다.

사무실로 들어가는 성준을 보고 직원들이 인사를 하자 성준은 마주 인사를 해주었다. 성준과 같이 사무실로 들어서는 수리를 보고 남자 직원들이 모두 힐끔힐끔 쳐다보았다.

보람은 조합의 자금을 담당하고 있기 때문에 사무실 안쪽의 개인 방에서 업무를 처리하고 있었다.

성준과 수리가 보람의 방에 다가가서 넓은 유리창으로 안쪽을 보니 보람은 직원이 가져온 서류를 검토하는 중이었다.

검은 생머리를 뒤로 틀어 올리고 검은 정장을 입고 다리를

꼬고 앉아 서류를 검토하는 보람의 모습은 성공한 커리어우
먼 그 자체였다.

똑똑!

성준이 창문을 손으로 두드렸다. 보람이 소리를 듣고 창을
보더니 얼굴이 환해졌다. 그리고 바로 서류를 직원에게 들려
내보냈다.

"일하는 중에 미안."

"괜찮아요."

보람은 성준과 수리를 소파에 앉히고 커피를 준비했다.

성준은 커피를 받고 감사 인사를 한 후 보람에게 이야기했
다.

"어제 말한 대로 오늘 조 단장을 만나고 나서 수리와 함께
전국의 몬스터홀을 돌아다니면서 등급을 확인할 예정이야.
우리가 두 군데 몬스터홀을 제거해서 남은 몬스터홀이 여덟
곳이야. 아마 빨리 움직이면 이틀 안에 다 확인하고 올 수 있
을 거야."

"두 분만 가시는 건가요?"

"다들 바쁘잖아. 그래서 우리만 움직이려고."

보람은 성준이 수리하고만 가는 것이 마음에 걸렸다. 보람
은 앞에 쌓여 있는 서류를 보고 한숨을 내쉬었다. 이 많은 일
을 놔두고는 도저히 따라갈 수가 없었다.

"그럼 경매는 어떻게 처리하도록 할까요?"

"좀 더 애태우도록 하지, 뭐. 아직 기간 남았지? 정부의 확답을 받고 처리해야겠어."

성준은 보람에게 다른 문제에 대해 물어보았다.

"참, 경비업체 문제는 어떻게 됐어?"

"여러 군데 알아보고 있어요. 그런데 건물이 개방형이라서 다들 경호하기가 쉽지 않을 것 같대요."

성준도 고개를 끄덕였다. 다른 사무실하고 같이 있어서 경비하기가 어려울 것 같았다.

"이번에 후원금만 다 들어왔으면 이 건물을 사버릴 수 있었는데 억울해 죽겠어요."

보람은 후원금을 안 낸 인간들을 향해 이를 갈았다. 성준은 보람의 배포에 식은땀이 흘렀다. 자금만 충분하면 건물을 사버릴 분위기였다.

성준은 보람에게 조합 사무실을 부탁하고 조 단장을 만나기 위해 조합 사무실에 있는 자신의 방으로 갔다. 다들 조합장에겐 이런 방 정도는 있어야 한다고 우겨서 어쩔 수 없이 마련한 방이다.

"이야, 점점 체계가 갖추어지는 것 같은데요? 전하고 또 달라졌네요?"

조 단장은 올 때마다 달라지는 조합 사무실에 놀라워했다. 성준은 조 단장의 말에 답례하고 이야기를 진행했다.

"저번에 수리가 이야기한 내용은 잘 전달이 되었나요?"

조 단장은 한숨을 내쉬었다.

"쉽게 넘어갔을 리가 없지 않습니까? 자그마치 외계인의 등장입니다. 몬스터홀이 아니었으면 수리 씨의 등장으로 지구에 난리가 났을 겁니다."

조 단장은 가방에서 서류 봉투를 하나 꺼내 성준의 옆에 앉은 수리에게 전달했다.

"신분 관련 서류 일체와 주민등록증입니다. 한국에 귀화한 외국인으로 처리했습니다. 이제 수리 씨는 한국인입니다."

수리는 조용히 감사의 인사를 했다. 다시 인간 사회에 소속된 감회가 새로운 모양이었다.

"수리 씨 이야기는 지금 최고 VIP까지 전달된 것으로 알고 있습니다. 아마 조만간 성준 씨와 수리 씨가 한번 방문해야 할 것 같습니다."

성준은 조 단장의 말에 고개를 끄덕였다.

잠시 후 조 단장은 성준에게 조금 다른 이야기를 했다.

"이것은 정부와 상관이 없는, 개인적으로 알게 된 이야기입니다. 성준 씨의 후원자 중 일부가 자리를 갈아탔다는 이야기가 있습니다. 아마 후원금의 일부가 안 들어왔을 겁니다."

성준은 조 단장의 말에 집중했다. 조 단장의 이야기는 후원금 미납 사건이 개인적인 것이 아니라 조직적이라는 것이다.

"제가 개인적으로 알게 된 바에 의하면 저번에 일본에서 미국으로 귀화했다가 실종되었던 길성태 씨가 소속되어 있던 은성 프로젝션의 모회사인 은성그룹이 움직였답니다."

조 단장은 물을 한 잔 마신 후 계속 이야기했다.

"은성그룹은 이번 몬스터홀 민간 참여에 그룹의 총력을 기울이는 모양입니다. 그 와중에 성준 씨의 후원자 중 일부가 은성그룹에 가담하게 된 모양입니다."

성준은 자신이 몇 년이나 다니던 회사를 생각했다.

"벌써 회사 소속의 대대적인 몬스터홀 탐사팀을 구성하고 있는 모양입니다. 전에 아들의 실패로 회사가 피해를 보았는데 왜 이렇게 달려드는지 다들 아리송한 모양입니다."

성준은 어느 날 사무실로 자신의 막내아들을 보러 온 회장의 얼굴을 생각했다.

"아무리 큰 회사의 회장이라도 부정은 존재하는 모양이지요."

성준도 단단한 나무 뭉치 같던 회장의 얼굴을 생각하면서 자신의 생각을 확신하지 못했다.

은성그룹에 대한 이야기를 마치고 조 단장은 성준에게 아쉬운 이야기를 했다.

"조합 홈페이지를 그렇게 갑자기 오픈해 버리면 어떻게 합니까? 아무리 사진 때문에 화가 나셨어도 그동안 서로 봐온 정이 있는데 말이죠."

"퇴직하시고 저희 조합에 들어오시면 없던 정이 생길지도 모릅니다."

갑자기 던진 성진의 떡밥에 조 단장은 움찔했다. 방금 조 단장은 성준의 말에 넘어갈 뻔했다.

조 단장은 수건을 꺼내 땀을 닦았다.

"하하, 농담을 과하게 하시는군요."

"농담이 아닌데요."

조 단장은 얼른 원래의 화제로 이야기를 돌렸다.

"아무튼 홈페이지 자체는 문제가 안 돼도 그 경매 건은 문제가 많습니다. 그 구슬 하나가 나라의 중요한 국력이 될 수도 있습니다. 저희 쪽 입장으로는 귀환자 조합이 경매를 철회해 주었으면 합니다. 다들 IT 쪽 분들이라 사이트를 해외에 구축하셨더군요."

조 단장은 강제로 막을 수 없었다고 투덜거렸다.

"그럼 이렇게 하죠. 경매되는 양의 반은 국내에 우선권을 주겠습니다. 그 정도면 위쪽에 이야기하실 수 있을 것 같은데요."

성준이 감각을 활성화하고 있는 상태라면 상대편은 자신

의 감정을 숨기기가 쉽지 않았다.

"자꾸만 성준 씨하고 이야기하면 이상하게 결론이 납니다. 할 수 없죠. 그렇게 보고하도록 하겠습니다."

그렇게 이야기를 마치고 조 단장은 회의실을 떠났다. 잠시 성준은 조 단장이 이직 떡밥에 흔들린 것을 보고 가능성을 생각해 보았다.

*　　　*　　　*

조 단장과 이야기를 마친 후 성준은 수리와 함께 몬스터홀을 확인하기 위해 바로 움직였다.

지금껏 한국에는 열 개의 몬스터홀이 열렸다. 그중에 귀환자 조합이 두 개를 없애 다시 여덟 개가 된 상황이다.

나머지 몬스터홀 중 성준이 확인한 것은 두 군데로, 인천과 안양 몬스터홀이다. 인천은 최대 레벨이 2레벨 몬스터홀이고 안양은 3레벨 몬스터홀이었다.

그리고 이번에 다녀온 대구는 2레벨이 최고였다. 물론 무척 추웠지만.

그리고 이제 강릉, 부산, 광주, 목포, 그리고 얼마 전에 몬스터홀이 생긴 청주가 남아 있었다.

성준과 수리는 이틀에 걸쳐서 전국을 돌아다녔다. 고속철과 비행기를 이용해서 겨우 전국의 몬스터홀을 확인할 수 있었다.

다니는 곳곳마다 수리 때문에 사람들의 시선을 끌었고, 성준을 숨어서 쫓아다니는 정부요원들은 요금 청구서에 한숨을 내쉬었다.

그렇게 확인한 몬스터홀은 강릉이 2레벨, 부산이 3레벨, 목포 2레벨, 이번에 생긴 청주는 2레벨이었다.

하지만 성준은 저번에 보람, 하은과 같이 다녀온 광주 몬스터홀의 최고 레벨을 확인하고 깜짝 놀랐다. 최고 레벨이 무려 4레벨이었다. 이 몬스터홀을 제거하기 위해서는 적어도 4레벨 귀환자가 진입해야 하는 것이다.

광주 몬스터홀을 보고 서울로 오는 성준의 표정이 심각해졌다.

성준은 수리의 말을 듣고서도 4레벨, 5레벨 몬스터홀은 먼 나라 이야기로만 생각했는데 막상 한국에 4레벨 몬스터홀이 있자 실감이 났다.

"수리의 세상에서는 4레벨 몬스터홀에 어떻게 대응했어?"

수리의 말에 의하면 5레벨 몬스터홀에는 들어갈 수 있는 사람이 없었다고 했으니 4레벨 몬스터홀은 진입한 사람이 있었을 것이다.

수리는 성준의 말에 고속철의 창을 보면서 이야기했다. 마치 창밖으로 과거의 세상이 보이는 것 같았다.

"4레벨 귀환자들을 살리기 위해 같이 들어간 귀환자들이 계속 생명을 잃었어요. 4레벨 귀환자가 죽으면 4레벨 몬스터홀마저도 들어갈 사람이 없어지기 때문이었죠. 하지만 더 이상의 레벨 업은 불가능했어요. 4레벨 지역은 살아나오는 것만으로도 벅찬 지역이었어요."

성준은 의아해했다.

"3레벨 던전의 보스만 깨도 4레벨 구슬을 주지 않았어? 4레벨 구슬만 있으면 5레벨이 될 수 있잖아."

수리는 고개를 흔들었다.

"저희는 3레벨 몬스터홀을 제거하지 못했어요. 3레벨 엘리트 몬스터는 잡을 수 있었지만 3레벨 보스 몬스터는 잡을 수 없었어요. 보스 존에 들어간 최정예 팀이 살아 나오지 못했어요."

수리는 고개를 돌려 성준을 바라보았다. 수리의 눈은 슬퍼 보였다.

"저는 수호기사라서 4레벨이었지만 보스 존 공략에는 참여하지 못했어요. 아직도 저는 몬스터홀로 보스를 잡기 위해 떠나는 동료의 모습이 기억나요."

그 뒤로 수리와 성준은 서울까지 서로 말없이 조용하게 돌아올 수밖에 없었다.

그날 밤 늦게 도착한 성준과 수리는 피곤한 몸과 정신에 도착하자마자 깊이 잠들고 말았다.

그리고 다음 날 아침 성준은 조 단장의 전화로 하루를 시작하게 되었다.

—아침 일찍 죄송합니다.

성준은 일어나 시계를 보았다. 어차피 일어날 시간이었다.

"이런 아침에 무슨 일입니까?"

—오전에 청와대로 와주셔야겠습니다. 수리 씨 이야기를 다시 한 번 들려주십사 하는 대통령님의 요청입니다.

성준은 잠시 고민한 후 청와대로 가기로 했다. 전에 조 단장이 말한 대로 한 번은 직접 설명이 필요한 내용이었다.

성준은 또다시 연출이 필요할 것 같아서 수리에게 부탁해 소환 해제를 했다. 그리고 보람에게 청와대를 방문한다고 이야기하고 출발 준비를 했다.

잠시 뒤 성준은 지하 주차장에서 서 있었다. 성준의 앞에는 성준의 차와 회사 차가 있었는데 성준은 자리가 자리인 만큼 새로 산 차는 놔두고 이번에 같이 회사 차로 구입한 벤츠 S클래스를 타고 청와대로 향했다.

청와대로 가는 아침 길은 상당히 산뜻한 느낌이었다. 주위 차들도 서로 양보를 잘해주어서 더욱 기분이 좋았다. 성준은 큰 긴장을 느끼지 않는 자신의 몸과 정신에 신기함을 느끼면서 청와대로 향했다.

청와대에 도착한 성준은 간단한 검문을 마치고 조 단장을 마중을 받았다. 그리고 조 단장의 안내로 한 회의실에 도착했다. 성준이 도착한 곳은 청와대의 영상회의실이었다.

회의실 문이 열리자 안에는 대통령과 각부 요인이 자리를 차지하고 있었다. 그리고 몇 대의 카메라가 사방에 배치되어 있었다.

"반갑습니다. 대통령 박승우입니다."

성준이 들어오자 대통령이 성준에게 악수를 청했다. 성준이 대통령과 악수하자 모두 나서서 악수를 청했다. 한바탕 악수 시간이 지나자 모두 착석했다.

대통령이 조 단장을 잠깐 보더니 이야기를 꺼냈다.

"조 단장이 가져온 이야기가 너무 놀라워서 본인의 이야기를 다시 들을 필요가 있었습니다."

성준은 이해한다고 이야기했다.

"그래서 성준 씨와 그 가디언이라는 분을 모셔오라고 부탁했습니다. 그런데 그 가디언 분은 안 보이는군요."

"원하시면 바로 부를 수 있습니다."

대통령은 어리둥절하다가 조 단장의 설명에 놀란 표정을

지었다.

"그럼 바로 진행할 수가 있겠군요. 잠시만 기다려 주세요. 저희도 사람들을 부르죠."

이번에는 성준이 어리둥절했다.

회의실은 가운데에 대통령이 앉아 있고 양쪽의 긴 책상이 마주 보고 있었는데 대통령의 맞은편에는 엄청 큰 텔레비전 한 대가 있었다.

그 텔레비전이 켜지더니 화면이 5등분되어 나타났다. 그리고 그 화면에는 한 사람씩 있었는데 모두 성준이 아는 얼굴이었다.

안보리 상임이사국의 수장들이었다.

화면의 제일 큰 면적을 차지하고 있는 미국 대통령이 먼저 말했다.

"준비가 된 모양이군요. 이쪽은 들을 준비가 되었습니다."

그러자 모두의 시선이 성준을 향했고, 회의실의 카메라도 성준을 비추었다.

성준은 예상보다 스케일이 커지는 바람에 놀랐지만 바로 침착해질 수 있었다.

'던전에서 생긴 정신적인 변화가 이럴 때 도움이 되는군.'

성준은 잠시 양해를 구하고 수리를 소환했다.

수리의 등장은 모두를 놀라게 했다. 수리는 잠시 어리둥절했지만 곧 상황을 이해하고 자신의 이야기를 했다.

수리의 이야기에 사람들의 안색이 어두워졌다.

그중에 러시아 대통령의 얼굴이 가장 어두워진 상태였다.

화면에 보이는 러시아 대통령이 손을 들어 발언권을 요청했다.

"잠시 이야기를 해도 되겠습니까?"

모두 갑작스러운 러시아 대통령의 말에 의아해했다.

"얼마 전에 우리나라에서 2레벨 몬스터홀이 열렸습니다."

그 이야기를 들은 다른 나라 정상들은 모두 의아해했지만 미국 대통령은 고개를 끄덕였다. 미국은 그 사실을 알고 있었던 모양이다.

"저희는 몬스터홀이 열린 도시의 모든 사람을 도시 밖으로 소개시켜서 인명 피해 없이 몬스터홀의 외부 던전화를 지나쳤습니다."

러시아 대통령의 말을 듣고 다른 나라 정상들은 괜찮은 생각 같다는 듯이 머리를 끄덕였다.

"그런데 그 뒤에 몬스터홀의 문양이 바뀌었습니다. 그래서 만약을 대비해서 2레벨 귀환자를 들여보내려고 했지만 2레벨 귀환자가 몬스터홀에 진입하지 못했습니다."

수리가 나서서 대통령에게 물었다.

"혹시 문양을 볼 수가 있을까요?"

옆에서 귀환자의 통역을 들은 화면의 러시아 대통령이 고개를 끄덕이자 화면에 몬스터홀의 바닥 문양이 비추었다.

그 사진을 보고 수리가 말했다.

"3레벨 몬스터홀 문양이에요."

다시 화면에 나온 대통령의 얼굴이 더욱 침중해졌다.

수리가 계속 이야기했다.

"몬스터홀은 일정 시간 동안 귀환자가 들어가지 않으면 외부 던전화가 진행됩니다. 외부 던전화가 끝날 때까지 아무도 몬스터홀에 진입하지 않고 일정 인원이 귀환자로 변하지 않으면 몬스터홀은 다음 레벨로 진화합니다."

"그럼 해결 방법이 무엇이죠?"

프랑스대통령이 다른 화면에서 수리에게 물었다. 수리는 바로 대답했다.

"귀환자를 몬스터홀의 먹이로 줘야 합니다. 계속."

러시아 대통령이 화면에서 모두에게 말했다.

"우리나라는 3레벨 귀환자가 없습니다. 혹시 다른 나라에 3레벨 귀환자가 있으십니까?"

화면에 있는 나라의 정상들이 모두 고개를 흔들었다. 화면에 보이는 중국 주석도 고개를 흔들었다.

성준이 중국 주석을 보고 물었다.

"일본에서 쥔차이를 보았습니다. 쥔차이는 엄청 강하던데,

3레벨이 아닙니까?"

중국 주석이 고개를 흔들었다.

"쥔차이는 자신이 2레벨이라고 말했습니다. 본인이 그렇게 이야기하면 저희로서는 알 방법이 없습니다. 거기다가 이번에 또 사라져서……."

중국 주석은 자신이 생각해도 낯부끄러운지 혀를 찼다.

회의실은 그야말로 난장판으로 변했다. 화면의 정상들도 어떡하든지 3레벨을 찾으려 하는 모양이었다.

성준은 깊이 생각하기 시작했다. 이곳에서 세계의 운명이 자신의 손에 결정될지도 몰랐다.

자신이 모른 척해도 세상 어느 곳에 자신이 모르는 3레벨이 있어서 해결할지도 몰랐다. 아니면 쥔차이가 사실을 말하고 나설 수도 있었다.

성준은 잠시 생각하는 것을 멈추고 수리를 바라보았다. 수리는 똑바로 성준을 바라보고 있었다. 그 맑은 눈에는 아무런 사심이 보이지 않았다.

성준이 수리에게 물었다.

"내가 수리, 네가 원하지 않는 결정을 해도 너는 나를 따를 생각이야?"

수리는 성준의 말에 단호하게 대답했다.

"저는 당신의 가디언입니다. 그리고 저는 영혼을 걸고 당신을 보호하기로 맹세했습니다."

수리는 미소를 지으면서 말을 이었다.

"그리고 저의 주인님은 옳은 결정을 하시리라는 것을 저 수리는 믿고 있습니다."

성준도 수리의 말을 듣고 미소를 지었다. 성준은 수리에게서 시선을 돌려 다른 사람들을 보았다.

어느새 회의실은 모두 조용해져 있고, 모두 성준과 수리를 바라보고 있었다.

성준은 모두를 향해 말했다.

"제가 3레벨 귀환자입니다."

그리고 성준은 장사꾼 같은 미소를 지었다.

"그럼 이제 협상을 해봅시다."

회의실은 침묵에 잠겼다. 모두 성준이 3레벨 귀환자라는 소리에 놀라움을 금치 못했다. 그리고 협상을 하자는 성준의 말에 또 한 번 놀랐다. 이런 세계 정상들이 모인 자리에서 협상하자는 말을 하기는 보통 힘든 일이 아닌지라 성준의 담대함에 놀란 것이다.

성준이 모두에게 말했다.

"개인적인 요구 사항은 이 자리에서 말하겠습니다. 그리고 귀환자 조합 차원의 요구 사항은 제가 개인적으로 결정할 수 없으니 저희도 회의가 필요합니다. 시간이 얼마 없는 것 같으니 저희가 오늘 안에 요구 사항을 정리해서 알려드리겠습니다."

그리고 성준은 회의실 원탁의 상석에 앉아 있는 한국의 대통령을 바라보고 말했다.

"제가 개인적으로 원하는 요구 사항은 제 군대 시절의 소말리아 군사작전에서 사망한 군인들과 저의 명예 회복, 그리고 책임자 처벌입니다. 이미 관련자에 대한 정보는 모두 입수했습니다. 사건의 책임자와 사태를 묻어버린 사람들의 처벌을 원합니다."

얼굴빛이 변한 대통령을 확인한 성준은 그 자리에 있는 다른 사람들을 둘러보았다. 몇몇 사람의 얼굴이 눈에 띄게 안 좋아졌다.

"그리고 귀환자 조합의 요구 사항은 지금 바로 가서 회의를 해보겠습니다. 시간이 없을 것으로 생각되니 빨리 움직이도록 하겠습니다."

성준은 자리에서 일어나 대통령에게 인사를 하고 수리와 함께 문밖으로 나갔다. 몇몇 사람이 제지하려고 했으나 대통령이 고개를 흔들었다. 이곳은 전 세계의 정상이 있는 자리였다. 약점을 보일 수는 없었다.

박승우 대통령은 마른하늘에 날벼락을 맞은 느낌이었다. 러시아와의 협상 내용에 뜬금없이 한국 내 문제가 조건이란다. 방금 사람들의 표정을 보니 자신의 파벌도 일부 책임이 있는 모양이었다.

대통령이 이 사태를 어떻게 회피해야 할지 머리를 쥐어짜고 있을 때 화면에서 움직임이 보였다.

미국 대통령과 러시아 대통령이 화면 밖의 다른 사람에게 이야기를 듣는 모습이 보였다. 그리고 잠시 뒤 러시아 대통령이 말했다.

"상황은 알겠습니다. 한국 정부가 러시아 정부에 원하는 것을 이야기해 주시기 바랍니다. 3레벨 귀환자가 원하는 일을 처리하는 대가로 최대한 지불하겠습니다."

그리고 미국 대통령도 이어서 이야기했다.

"미국도 귀환자 조합에 대한 협상에 지원하겠습니다. 한국은 미스터 최에 대해 힘써주시기 바랍니다."

박승우 대통령은 막막했다. 이미 성준의 정보가 미국과 러시아에 노출된 것 같았다. 지금도 두 나라 정상의 눈은 먹이를 노리는 하이에나 같은 눈빛이었다.

박승우 대통령은 한숨을 내쉬었다. 귀환자 조합장에게 뒤통수를 거세게 맞은 상황이다.

"저도 쿼차이가 나타나면 쿼차이에게 한 번 더 부탁해 보도록 하죠."

중국 주석이 별로 도움이 안 되는 이야기를 했다. 박승우 대통령은 중국 주석의 말을 한 귀로 흘려 버리면서 고민했다.

조 단장의 안내로 수리와 성준은 주차장에 도착할 수 있었다. 조 단장이 어두운 표정으로 성준에게 말했다.

"중요한 자리에서 중요한 순간에 엄청난 이야기를 터뜨리셨군요. 환상적인 타이밍이었습니다."

당연했다. 미친 듯이 감각을 올려 타이밍을 확인한 상황이었다.

"그런 자리에서라면 아마 성준 씨가 원하는 대로 이루어질 확률이 높습니다. 하지만 많은 적을 만들 텐데 괜찮겠습니까?"

성준은 수리를 보면서 피식 웃었다.

"지금 상대하는 적에 비하면 할 만합니다."

조 단장은 성준과 수리가 차에 타는 것을 보면서 한숨을 내쉬었다.

"이번에 저도 타격이 클 겁니다. 제가 밀려나면 어떻게 하려고 그러십니까? 새로운 사람과 대응하려면 불편하실 텐데요."

조 단장에 투덜거림에 성준은 드디어 하고 싶은 말을 했다.

"잘리면 귀환자 조합으로 오십시오. 최고의 대우를 해드리겠습니다. 진심입니다."

성준의 진심 어린 말에 딱 멈추어 버린 조 단장에게 성준은 손을 흔들고 차를 출발시켰다.

"정말로 주인님이 원하는 대로 일이 처리될까요?"

수리가 성준의 정보를 얻을 때 기본적인 성준의 과거를 확인했기 때문에 수리는 성준이 말한 내용이 무슨 내용인지 알 수 있었다.

"아마도. 세계 정상이 있는 자리였어. 그리고 적어도 미국 대통령과 러시아 대통령은 나를 아는 눈치였어. 그럼 내 과거 아는 것은 금방이지."

성준은 말을 이었다.

"아마 우리나라 대통령은 미국과 러시아의 압력에는 거절하기 힘들 거야. 난 피해자고 그들은 가해자야. 피해자가 가해자에게 법원에서 손해배상을 요청한 상황이야. 피해자가 배심원과 모두에게 꼭 필요한 존재가 돼서 요청한 것이지."

성준은 콧대를 세우고 말했다.

"거절하면 나도 버티지, 뭐."

수리는 슬쩍 웃었다. 수리는 성준의 성향을 알고 있었다. 이리저리 말해도 기본적으로 악인은 못 되었다. 아무리 봐도 착한 사람이 손해 안 보려고 발버둥 치는 것 같았다.

성준과 수리는 사무실에 도착했다. 이제 점심시간이 지나서 모두들 점심을 먹고 휴게실에서 잡담을 나누고 있었다.

성준은 모두를 보고 미안함을 느꼈다. 자신 때문에 끌려다니는 것일 수도 있었다. 수리는 조용히 성준의 손을 잡았다.

수리의 위로에 기운을 얻은 성준은 모두에게 인사했다.

"모두 잘 쉬고 있나요?"

성준의 말에 모두가 성준을 돌아보았다.

"어, 조합장 오빠다."

"어서 오세요~"

모두들 성준에게 인사하느라고 시끄러워져 성준은 손을 들어 말을 막고 말했다.

"모두 회의실로 와주세요. 할 이야기가 있습니다."

"우~"

모두들 투덜거리면서도 회의실로 모였다.

회의실에 모이자 성준이 이야기를 시작했다.

청와대에 갔다는 이야기에 모두 신기하다는 듯이 성준을 바라보고, 텔레비전으로 다른 나라 정상들을 보았다는 말에 놀라워하다가 성준이 수리와 러시아 이야기를 하자 모두의 표정이 심각해졌다. 그리고 성준은 자신이 3레벨이라고 발표했다고 말했다.

"그럼 조합장님이 막지 않으면 설마 지구 종말?"

"그럴 리야 있겠어요. 단지 3레벨로 드러난 사람이 지금은 저밖에 없다는 거죠."

성준은 헤라의 말에 식은땀을 흘렸다.

"그래서 이번에 러시아 몬스터홀로 가는데 지원자를 받겠습니다. 저는 따로 조건을 걸고 가기로 했습니다. 3레벨 몬스터홀입니다. 정말 위험할 겁니다."

성준의 말에 모두 무슨 소리를 하느냐는 표정이다.

"언제 위험하지 않은 적 있었나요?"

"조합장 오빠 없으면 어차피 여기 2레벨 몬스터홀에서도 살아남을 사람 없어요."

"설마 다들 안 간다고 하면 혼자 가려고 했어요?"

성준이 모두를 돌아보니 당연하게 같이 가겠다는 분위기다. 수리도 모두를 보고 미소를 지었다. 성준은 감사의 인사를 했다.

이제 이쪽의 조건을 의논할 차례였다. 성준의 희망하는 조건에 대해 의견을 이야기해 달라고 했다.

그 소리에 헤라가 손을 번쩍 들었다.

"저요! 돈을! 많은 돈을! 더 많은 돈을!"

헤라가 어디에서 들은 구호처럼 외쳤다. 재식과 다희는 헤라의 말에 박수를 쳤다.

보람은 잠시 생각하다가 말했다.

"저는 이 건물을 주든가 아니면 이제 우리도 해외를 다녀야 하니 비행기가 한 대 필요할 것 같아요."

보람의 말에 다들 움찔했다. 스케일이 다른 이야기였다.

"충분히 가능할 것 같아요. 보안을 위해서 이 건물이 필요하다고 구입 대행을 부탁하거나 해외 몬스터홀 제거를 위해 필요하다면 충분히 가능할 것 같아요. 앞으로도 또 이런 일이 계속될 테니 그쪽이 명분상으로 맞는 것 같아요."

다른 사람들은 그렇게까지 생각을 안 해봤는지 눈만 좌우로 굴렸다. 단지 헤라만 입을 뻐끔거렸다. 누가 봐도 입 모양이 돈, 돈, 돈이었다.

성준이 고개를 끄덕였다.

"알겠습니다. 우선 조합 차원에서 의사를 타진해 보겠습니다. 그리고 개인적인 보상도 요구해 보겠습니다."

헤라의 얼굴이 환해졌다.

성준은 바로 전화를 꺼내 조합이 원하는 내용을 조 단장을 통해 정부에 전달했다.

이제 러시아에서 말한 튜멘시 몬스터홀도 남은 시간이 며칠 되지 않았다. 다음 외부 던전화가 발생하기 전에 들어가기 위해서는 서둘러야 할 것 같았다.

그리고 성준은 기존 스케줄을 모두 취소하고 3레벨 몬스터홀에 대한 회의를 시작했다.

성준은 수리에게 3레벨 몬스터홀에 대해 물어보았다.

"3레벨 몬스터홀은 2레벨 몬스터홀과 분위기가 많이 다르지는 않아요. 단지 다른 점이 있다면 많이 넓어요. 그래서 2레벨 몬스터홀의 인위적인 느낌이 별로 없어요."

수리는 생각을 더듬으면서 말을 이었다.

"그곳은 몬스터들이 먹이사슬을 이루면서 생활하고 있어요. 일종의 자연 상태로 보면 되요."

수리는 고개를 갸웃거리다가 말했다.

"아! 2레벨 던전이 사파리 느낌이라면 3레벨 던전은 아프리카 자연 공원으로 생각하시면 되요."

거기에 수리는 한마디를 더했다.

"그리고 던전에 따라서는 지성체가 마을을 이루어 살고 있는 곳도 있어요. 일종의 가디언들이지요."

수리의 표정이 슬퍼 보였다.

그날 오후 늦게 정부에서 답변이 왔다. 성준의 요구 사항을 모두 들어주겠다는 것이다.

우선 성준 개인이 요구한 것은 정부에서 성준이 러시아에 갔다가 오는 것에 맞추어 발표하기로 했다. 뭔가 꼼수가 있을 수도 있겠지만 시간이 필요할 것 같아서 수긍했다.

그리고 건물과 비행기는 미국과 러시아, 그리고 각국이 나서서 해결해 주기로 했다.

그리고 몬스터홀에 들어가는 조합원들에게 개인적으로 돈을 지불하기로 했다.

그 대신 그들의 부탁은 자신들의 나라에 3레벨의 몬스터홀이 생기면 도와 달라는 것이었다.

*   *   *

쿼차이는 카페에 앉아서 공안요원이 하는 이야기를 멍하니 듣고 있었다. 창밖으로 보이는 몬스터홀이 사라진 상하이는 다시 원래의 북적거리는 대도시의 모습을 보여주고 있었다.

"그리고 이번에 러시아 몬스터홀이 3레벨이 되어서 우선 한국 귀환자 팀이 가게 된 것 같습니다.

쿼차이의 앞에 앉아 있는 공안요원은 등 뒤에 식은땀을 느끼고 있었다.

상부의 지속적인 명령으로 상하이를 뒤지고 뒤져서 겨우 쿼차이를 찾을 수 있었다. 하지만 쿼차이가 풍기는 분위기 때문에 요원은 만나지 않는 편이 더 좋았을 것 같다는 생각을 했다.

무료하게 듣고 있던 쿼차이는 마시던 커피를 내려놓았다.

머리카락 사이로 눈이 강렬하게 빛이 났다.

"나도 가지."

"네?"

쿤차이의 말에 요원은 속으로 욕을 해댔다. 도대체가 성향을 알 수가 없었다. 정부에서 부탁하는 것은 죽어도 안 하면서 이렇게 뜬금없이 자신이 나서서 하려고 하는 일이 있었다. 일본 방문도 그러더니 또 러시아에 가겠단다.

요원은 한숨을 내쉬었다. 본인이 가겠다는데 어쩌겠는가? 요원은 핸드폰을 들어 위에 보고하면서 공안 내에 퍼져 있는 농담에 대해 생각했다.

쿤차이가 초기에 혼자만 돌아왔을 때 생긴 농담이다.

'아무래도 쿤차이는 드라큘라 같아.'

요원은 한낮에 추위를 느꼈다.

*　　　*　　　*

그날 저녁 일행 모두는 조합원 사무실에서 잠을 잤다. 귀환자들을 지원하는 조합의 사무직 직원들은 야근으로 정신이 없었다. 최초로 귀환자들을 정식으로 지원하는 일이었다. 그 탓에 다음 날 아침 보람은 눈이 새빨개져 있었다.

"언니, 괜찮아요?"

하은이 걱정된다는 듯이 묻자 보람은 걱정 말라고 손을 흔들었다.

"이 정도는 끄떡없어. 그리고 비행기 안에서 자면 돼."

일행은 이번에는 크게 급하지 않아 버스를 이용해 공항으로 가기로 했다.

러시아 튜멘시의 몬스터홀은 아직 외부 던전화가 되기까지 3일 이상의 시간이 남아 있고, 일행의 시간에도 여유가 있었다. 영기회복석도 있고 말이다.

버스는 경찰 오토바이 두 대가 선도하는 가운데 공항으로 달리기 시작했다. 사람들은 무슨 일인지 몰라 다들 차를 비켜주면서도 신기해했다. 서울 시내에 뜬금없이 경찰 오토바이가 선도하는 버스가 등장한 것이다.

얼마 전에 군용 헬리콥터가 건물 위에서 날아오른 것이 생각난 사람들은 버스가 나온 건물을 보고 같은 건물이자 정부 건물로 생각한 모양이었다.

버스는 빠른 속도로 달려 서울 공항에 도착했다. 공항의 입구를 바로 통과한 일행은 이번에도 버스를 타고 공항 활주로까지 이동하게 되었다.

일행이 버스에서 밖을 내다보자 활주로에 거대한 여객기가 보였다. 여객기 옆에 러시아어로 아에로플로트라고 적혀 있는데 아마 항공사 이름인 모양이었다.

뒤에서 소영이 핸드폰을 보더니 말했다.

"에어버스 최신형이다."

아마도 러시아에서 특별기를 보내온 모양이었다.

성준과 일행은 바로 활주로에 내려 승무원의 안내로 비행기에 올라탈 수 있었다.

성준은 비행기에 올라타기 전에 조 단장과 전화를 길게 했다. 무슨 중요한 이야기가 있는지 표정이 심각했다.

호영과 재식은 러시아 승무원에게 눈길을 돌렸다가 미영한테 혼나고, 나머지 사람들은 처음 타본 퍼스트클래스에 신기해하며 사방을 둘러보았다.

일행이 모두 탄 것을 확인한 승무원이 기장에게 알리자 기장은 관제탑과 몇 번 통신을 주고받더니 바로 비행기를 출발시켰다.

잠시 뒤 여성들은 신기한지 비행기를 둘러보기 시작했다. 재식은 러시아 승무원에게 말을 걸다가 보디랭귀지가 잘 안 통하는지 시무룩해졌고, 보람은 피곤한지 바로 잠들었다.

성준은 수리에게 비행기를 탄 소감을 물었다.

"성준 씨의 기억에서 본 것하고는 느낌이 다르네요. 그 기억에서의 비행기는 많이 불편했는데요."

아마도 군대에서의 경험과 일본 몬스터홀 때의 수송기 기억이 전해졌나 보았다.

"고향에서 날 때와는 다르네요. 그곳에서는 바람을 가르는 느낌이 있었는데 이곳은 집안에 있는 것처럼 편안해요."

성준은 문화 충격이 올 것 같아 어떻게 날았는지 물어보지 않기로 했다.

비행기는 일곱 시간 만에 튜멘시에 도착했다. 튜멘시는 모스크바에서 2천 킬로미터 떨어진 인구 50만 명 정도의 도시였다.

얼마 전 도시 사람들은 강제로 주변 도시로 소개되었지만 외부 던전이 무사히 없어진 이후 안전하다고 판단한 러시아 정부는 사람들을 다시 도시로 복귀시켰다.

몬스터에 의해 부서진 도시는 복구 작업 중이었다.

성준이 비행기에서 내려 밖을 보았을 때는 시차에 의해 성준의 시계가 가리키는 저녁때가 아닌 오후였다.

공항에는 러시아인들이 성준 등을 기다리고 있었다. 성준을 맞이하는 사람 중에는 정부 소속이 아닌 것 같은 남녀가 섞여 있었다.

성준은 감각을 활성화해 보았다. 일반인과 다른 강건한 신체였다. 귀환자들이었다.

성준은 영기분석을 사용해서 재빠르게 사람들을 확인했다.

마중 나온 사람 중에는 귀환자가 네 명이 있었는데 모두 2레벨이었다.

성준은 상당히 놀랐다. 이렇게 많은 2레벨 귀환자를 보는 것은 일본 사태 때 미국의 귀환자들을 보고 나서 처음이다.

러시아 정부에서 나온 사람과 인사를 나눈 후 성준이 귀환자들을 보자 그들 중에 한 명이 나와 성준에게 인사했다. 전형적인 러시아 미남이었다.

성준의 뒤에서 여성들의 쑥덕거림이 들려왔다.

"반갑습니다. 러시아 귀환자 B팀의 안드레이라고 합니다. 일단 제가 이들의 대표를 맡고 있습니다. 한국 귀환자들의 홈페이지는 잘 보고 있습니다. 저도 가입했습니다."

성준도 마주 손을 잡고 인사를 했다. 성준이 확인한 바로는 이 러시아인의 능력은 적 탐색이었다. 성준은 고개를 갸웃거렸다. 다시 한 번 러시아 2레벨 인원의 능력을 확인했다. 모두 회피 계열이나 이동 속도 증가 계열이었다.

안드레이는 계속 이야기했다.

"저희는 이 튜멘시에서 외부 던전이 발생한 후 정부의 요청으로 몬스터홀에 진입하려다가 실패했습니다. 그 뒤에 대기하다가 한국팀이 오면 같이 몬스터홀로 진입해서 한국팀을 도우라는 지시를 받았습니다."

성준은 인상을 썼다. 아마도 상황을 봐서는 한국팀과 같이 진입해서 노하우를 얻겠다는 이야기인 것 같았다.

성준도 2레벨자가 많은 것은 좋았지만 가지고 있는 능력들이 문제였다. 전투에 특화된 인원이 하나도 없었다.

성준은 좋게 생각하기로 했다. 도망치는 데 선수들이면 발은 안 잡을 것 같았다.

성준은 지휘 문제를 해결할 필요를 느꼈다.

"그럼 지휘는 어떻게 하죠? 난감한 문제일 것 같은데요."

안드레이는 지시를 받은 바가 있는 모양이었다.

"저희는 한국팀 뒤를 따라서 움직이겠습니다. 솔직히 저희 중에 전투 능력이 있는 사람은 없습니다. 대신 제가 먼 곳에서도 몬스터의 위치를 파악할 수 있습니다. 몬스터를 피해서 귀환 지점에 도착하는 데 도움이 될 것입니다."

이렇게 노골적으로 이야기하니 오히려 편했다. 성준은 이들에 대해 신경을 끄기로 했다.

"그럼 저희가 여러분을 보호할 수는 없습니다. 그 점은 감안해 주기를 바랍니다."

안드레이는 상관없다는 듯 고개를 끄덕였다. 안드레이는 그들의 생존 능력을 자신했다. 벌써 두 번이나 이 인원으로 2레벨 몬스터홀에서 살아 돌아온 팀이다.

같이 들어간 1레벨 귀환자는 반 정도가 죽어나갔지만 2레벨 귀환자는 아직까지 사망자가 없었다.

정부의 요청도 요청이지만 자신들도 2레벨 몬스터홀을 제거했다는 한국팀의 능력을 꼭 보고 싶었다. 그것은 자신들의 생존에 도움이 될 것이 분명했다.

러시아 귀환자 팀과는 내일 몬스터홀에서 보기로 했다.

성준은 그사이에 홍일점 러시아 여성 귀환자에 말을 붙이고 있는 재식을 끌고 일행을 모두 버스에 태워 우선 도시 중심부에 있는 호텔로 향했다.

성준이 떠나는 모습을 보던 안드레이는 일행 사이에 섞여 있는 수리의 모습에 고개를 갸웃거렸다. 미인도 미인이지만 아무래도 한국인처럼 보이지가 않았다.

일행은 호텔에서 하루 숙박을 하고 내일 아침 몬스터홀로 들어갈 예정이었다.

아무 생각 없이 성준의 방으로 들어가려던 수리는 깜짝 놀란 여성들의 강력한 제지로 여성들의 방으로 끌려갔다.

그 모습을 보며 재식이 성준에게 말했다.

"아쉽겠어. 안 들켰으면 같이 잤을 텐데."

성준은 고개를 갸웃거리면서 말했다.

"어차피 한국에서는 같은 오피스텔에서 생활하는데요?"

그 말은 들은 재식은 조용히 침몰했다.

수리가 끌려가는 모습에 다행이라는 표정을 한 정 교관이 성준을 보고 말했다.

"러시아 사람들 때문에 진형을 바꿀 필요는 없겠지요?"

"네. 어차피 우리 정보를 얻기 위해 움직이는 모양입니다. 신경 안 쓰셔도 됩니다."

정 교관은 고개를 끄덕였다. 남성들도 자신의 방으로 이동했다.

그날 밤은 모두 편안하게 잠을 잘 수가 있었다. 그리고 호텔 외곽은 러시아의 경호로 철통같이 지켜지고 있었다.

다음 날 아침, 성준 일행은 호텔 뷔페를 먹고 러시아에서 내준 버스로 몬스터홀로 출발했다.

가는 길에 다희가 성준에게 물었다.

"그런데 저희 이번에 3레벨 몬스터홀을 처리하는 것이 목표가 아니잖아요. 그럼 얼마 뒤에 또 저희를 필요로 하지 않을까요?"

성준은 다희에 말에 동의했다.

"아마 러시아에서 3레벨 귀환자가 생길 때까지 계속 저희를 필요로 할 겁니다."

"흐미. 우리도 귀찮고 러시아 쪽 사람들도 매번 짜증나겠어요."

성준은 다희의 말에 안색을 굳히면서 대답했다.

"네. 그 짜증이 짜증만으로 끝나길 빌고 있습니다. 나름 출발 전에 조 단장과 준비는 했는데 안 써먹었으면 합니다."

다희는 성준의 목적어가 빠진 말에 고개를 갸우뚱했다. 하지만 성준은 더 이상 설명하지 않았다.

얼마 시간이 지나지 않아 일행은 몬스터홀에 도착할 수가 있었다. 그리고 성준은 그 앞에서 뜻밖의 사람을 만났다.

"오랜만입니다. 일본에서 보고 또 보네요."

성준의 앞에서 쥔차이가 악수를 청하고 있었다. 성준은 식은땀을 흘렸다.

감각을 활성화하고 본 쥔차이의 모습은 전보다 더 위험해 보였다. 성준은 영기분석으로 쥔차이를 확인했다.

―검투사 정보.
―영기 레벨 3.
―영기 성장치 90.
―영기 190.
―동족 영기 강탈 레벨 2, 영기 비검 레벨 2, 비행 레벨 1.
―영기 능력치 250.

영기 성장치가 100이 코앞이었다.

성준은 쥔차이의 분위기와 동족 영기 강탈이라는 능력, 그리고 쥔차이와 같이 몬스터홀에 들어간 사람들의 실종으로 쿼차이에 대해 극도의 불신 상태였다.

성준은 쿼차이의 악수를 무시하고 러시아 정부요원에게 말했다.

"어떻게 쿼차이가 이 자리에 있는 거죠?"

러시아 정부요원은 날카로운 성준의 반응에 놀라 대답했다.

"저희 정부가 중국 정부에 요청했습니다. 다행히 연락이 돼서 오늘 아침에 올 수가 있었습니다. 미처 연락을 못해 죄송합니다."

성준은 신경이 곤두선 상태로 쿼차이를 바라보았다. 뒤의 성준의 일행도 성준이 쿼차이에 대해 한 말을 들었다. 일행은 성준의 평을 신뢰했기 때문에 모두 금방이라도 무기를 만들어낼 듯한 모습이었다.

한국팀의 날카로운 반응에 러시아팀과 러시아 정부요원들은 어쩔 줄을 몰라 했다.

성준은 러시아 정부요원에게 말했다.

"쿼차이가 같이 들어간다면 저희 한국 귀환자 팀은 몬스터 홀 진입을 포기하겠습니다."

"네?"

러시아 정부요원은 그야말로 깜짝 놀랐다. 그는 이러지도 못하고 저러지도 못해 발만 굴렀다. 위에 연락을 해야 될 상황 같았다.

성준의 이야기를 들은 쥔차이는 피식 웃더니 두 손을 들었다.

"도움을 주려고 와서 욕만 먹는군. 나는 안 들어가도록 하지. 대신 돌아갈 비행기 표나 주시오."

쥔차이의 말에 러시아 요원은 다행스러운 표정으로 한숨을 내쉬었다. 그리고 성준을 이상한 사람 보듯이 쳐다보았다. 러시아 귀환자들도 성준 등을 보는 표정이 안 좋았다.

성준은 다른 사람이 어떻게 생각하던 상관이 없었다. 다행히 쥔차이가 물러나는 것 같아 일행을 보고 몬스터홀에 진입할 준비를 하도록 했다.

이 몬스터홀은 성준이 파악하기로는 최대 레벨이 3레벨이었다.

먼저 러시아팀이 몬스터홀을 내려갔다. 그 뒤로 성준 일행이 내려갔고, 성준은 쥔차이가 탄 차가 떠나는 것을 보고 마지막으로 몬스터홀을 내려가기 시작했다.

성준이 바닥에 거의 내려오자 위에서 소란스러운 목소리가 들려왔다.

"멈춰요!"

"으악! 날았어!"

성준은 의아해하며 몬스터홀 바닥에 내려섰다. 그리고 몬스터홀이 빛이 나기 시작했다.

그때였다. 몬스터홀 위쪽에서 무엇인가 떨어지고 있었다. 성준은 위를 올려다보았다. 쿤차이였다.

그리고 몬스터홀이 빛을 뿜어냈다. 어느새 바닥에 도착한 쿤차이는 빛 속으로 사라지면서 성준을 향해 미소를 지었다.

제4장
격돌 II

성준은 눈앞에 빛이 가득했으나 눈을 감지 않았다. 오히려 쿼차이를 시야에서 놓치지 않으려고 두 눈을 부릅떴다. 그리고 검을 소환하고 감각을 최대한 올렸다.

빛이 사라졌을 때 성준의 눈앞에 쿼차이가 보였다. 성준은 이제 확신했다. 쿼차이는 자신들을 노리고 온 적이었다. 성준은 일행을 향해 소리쳤다.

"모두 내 주위에 모여요! 쿼차이가 난입했어요!"

성준의 말에 일행은 모두 성준의 주위로 모여 진용을 갖추었다. 그리고 무기를 생성해서 쿼차이를 향했다.

그 모습을 보고 러시아 귀환자들은 어리둥절했다. 갑자기 난입한 쥔차이도 이상했고 민감하게 반응하는 한국 귀환자들도 이상했다. 러시아 귀환자들은 쥔차이와 성준의 일행에게서 떨어져 자신들끼리 모였다.

쥔차이는 성준을 보고 피식 웃더니 두 손을 들었다.

"나도 3레벨은 들어와 보질 못해서 궁금함을 못 참고 들어왔네. 따라 들어온 것은 미안하지만, 자네의 반응은 너무 격렬한데?"

성준을 바라보는 쥔차이의 눈은 뱀의 눈같이 빛이 났다. 그리고 쥔차이의 몸이 조금씩 러시아 귀환자 쪽으로 움직이는 것 같은 느낌이 성준의 감각에 걸렸다.

성준은 러시아 사람들에게 소리쳤다.

"모두 저희 뒤쪽으로 오세요! 쥔차이가 당신들을 공격하려고 해요!"

러시아 사람들은 깜짝 놀랐고, 쥔차이는 몸의 긴장을 풀었다. 그리고 쥔차이는 고개를 갸웃거렸다. 자신의 움직임을 파악하는 성준의 모습에 의아한 것이다.

쥔차이가 성준을 바라보며 말했다.

"왜 자꾸 나를 음해하는 소리를 하지? 내가 그런 소리를 듣고 계속 참을 것으로 생각하나?"

성준은 아직도 어쩔 줄 몰라 하는 러시아 귀환자들을 보고 이를 악물었다. 어쩔 수 없었다. 더 이상은 감추기 어려워 보였다. 러시아 귀환자들을 이해시키기 위해서는 조금이나마 풀어놓아야 할 상황이었다.

"내 능력이 무엇인지 알아? 다른 사람과 몬스터의 능력이 무엇인지 알 수 있는 능력이 있지. 그래서 당신의 능력이 무엇인지 알 수 있어."

성준은 퀀차이에게 말을 하고 조합 사람들이 반응이 궁금해 뒤를 힐끔 보았다. 다들 알고 있다는 반응이다. 하긴 그렇게 매번 몬스터에 대해 알려주는데 모를 리가 없었다.

"그럴 리가 없다! 그럼 말해봐라! 내 능력이 뭔지!"

성준의 말에 움찔 놀란 퀀차이가 성준에게 소리쳤다.

"동족 영기 강탈."

성준의 말에 퀀차이는 눈을 둥그렇게 떴다. 그리고 씩 웃었다.

"그런 건가? 나도 이 능력의 이름을 처음 들었어."

퀀차이는 모든 귀환자를 보며 주변을 둘러보았다. 이곳은 일 대 다수로 싸우기는 좋지 않아 보였다.

퀀차이는 성준을 보고 말했다.

"이렇게 들키리라고는 생각지 못했군. 먼저 나가서 기다리지."

퀀차이는 바로 공중으로 몸을 띄우고 바로 밖으로 향하는 동굴로 날아갔다.

"멈춰!"

성준은 바로 능력을 사용해서 튀어나갔다. 이곳에서 잡아야 했다. 놓치면 어떻게 될지 몰랐다.

쿤차이는 뒤에서 성준이 쫓아오는 것을 보고 비웃었다.

"내가 너 하나 못 당해서 물러선다고 생각하나?"

쿤차이는 바로 비행 능력을 중지했다. 그러자 쿤차이는 동굴을 날아가다 바닥으로 떨어지기 시작했다. 발이 땅에 닿는 순간 쿤차이는 몸을 돌리고 검을 소환해 성준을 향해 휘둘렀다.

슈아아악!

검에서 나온 검은색 기운이 선이 되어 성준을 향해 날아왔다. 마치 공간을 자르는 검은 선이 달려드는 느낌이었다.

성준은 바로 허공을 발로 차 천장을 향해 뛰어올랐다. 그리고 공중에서 몸을 돌려 천장을 밟고 다시 쿤차이를 향해 능력을 사용해 천장을 발로 박찼다.

"신기한 재주를 가지고 있군."

쿤차이는 비행의 여파로 땅에서 뒤로 쭉 미끄러지면서 재미있다는 표정으로 날아오는 성준을 보았다. 그리고 동굴 벽을 향해 검을 휘둘렀다.

쾅! 콰쾅!

"더 따라오면 동굴을 아주 무너뜨리지. 이제 멈추라고."

성준은 사방에 쏟아지는 돌무더기를 피하다가 그 자리에 멈추어 섰다.

멀리서 쿼차이에 목소리가 사라져 갔다.

"재미있는 식사가 될 것 같아."

쿼차이의 목소리가 사라지자 성준은 검으로 눈앞에 떨어진 바위를 갈라 버렸다. 이를 악문 성준의 눈에 불이 붙어 있었다.

눈앞에서 쿼차이를 놓친 성준은 일행에게로 향했다. 중간에 자신을 쫓아오는 일행을 만난 성준은 모두 다시 출발 지점으로 돌아갔다.

성준은 러시아 귀환자들도 모이도록 해서 쿼차이의 능력과 그동안의 행적에 대해 이야기해 주었다.

안드레이가 러시아 귀환자들을 대표해서 성준에게 물었다.

"쿼차이가 달아나는 모습을 보니 어느 정도 믿음은 갑니다. 확실하게 하기 위해 시범을 좀 보여주시겠습니까? 혹시 저 귀환자의 능력도 알 수 있으십니까?"

안드레이는 재식이 말을 붙이려고 노력하던 러시아 귀환자들의 홍일점을 가리켰다.

성준은 그녀를 보고 안드레이에게 말했다.

"안개 생성이군요."

그녀도 숨기에 적합한 능력이었다. 성준의 말에 러시아 귀환자들은 다들 놀랐다.

"다른 사람의 능력을 알아내는 능력도 있군요. 그런 능력을 지닌 구슬이면 엄청나게 유용하겠군요. 몬스터의 능력을 미리 알고 대처할 수 있으니."

안드레이는 성준의 능력을 구슬로 얻은 것으로 오해한 것 같았지만 성준은 따로 오해를 풀어주지 않았다.

러시아 귀환자들에게 쿤차이를 경계하겠다는 확답을 받은 후 성준은 일행을 모두 준비시켰다. 일행은 쿤차이에 대한 대응을 준비한 후 출발 준비를 마무리했다.

"밖에서 쿤차이가 기다리고 있을 확률이 높습니다. 하지만 우리의 실력도 그에 비해 부족하지 않습니다. 모두 진용을 갖추고 움직이도록 합시다. 정 교관님, 부탁합니다."

성준은 일행의 전투 진형 운용을 정 교관에게 부탁하고 수리와 함께 일행 앞으로 나섰다. 그리고 일행의 뒤에는 러시아 귀환자들이 따라붙었다.

동굴 중간이 쿤차이가 박살 내버린 탓에 엉망이 되어 있었다. 동굴의 파괴된 모습에 일행의 얼굴을 굳어졌다.

성준도 굳은 얼굴로 동굴 밖을 향해 나갔다. 그리고 얼마 되지 않아 일행은 밖의 모습을 볼 수 있었다.

이번 던전은 수리의 말대로 정말 끝이 보이지 않았다. 한쪽으로 산이 있고 멀리 거대한 호수가 있었다. 그리고 끝이 보이지 않는 숲도 있었다. 그야말로 광활한 자연이었다.

성준은 위를 올려다보았다. 천장 아래로 구름이 지나가는 것이 보였다. 높이가 엄청나 보였다. 그리고 천장의 중심부에서 빛이 나고 있었는데 이번에는 빛 자체가 크고 환해 어떻게 빛이 나오고 있는지 알 수가 없었다.

동굴 입구 주변은 넓은 초원이었다. 성준은 주위를 둘러보았다. 주위에는 몬스터나 쿤차이의 흔적이 보이지 않았다. 쿤차이도 날아서 이동한 것 같았다. 아무 흔적이 보이지 않았다.

성준은 일행에게 지속적인 경계를 부탁하고 앞으로 나아갔다. 그 뒤로 성준의 일행이 진형을 갖춘 채로 따르고 그 뒤로는 러시아 귀환자들이 따랐다.

러시아 귀환자들은 뜻밖의 상황에 바짝 긴장하고 있었다. 성준이 알려주지 않았으면 큰일 날 뻔한 상황이었다. 이제라도 알게 되었으니 그나마 주의만 잘하면 충분히 피할 수 있을 것으로 생각하며 이동했다.

일행은 낮은 구릉으로 이루어진 초원지대를 통과하고 있

었다. 멀리 숲이 보이고, 주위에는 잔디와 드문드문 바위들이
보였다.

성준은 그렇게 전진하다 일행을 모두 멈춰 세웠다. 그리고
앞쪽의 바위에 대고 소리쳤다.

"그곳에 있는 것을 다 알아! 밖으로 나오시지!"

성준의 말에 잠시 뒤 바위 위로 쿤차이가 훌쩍 나타났다.
바위 뒤에서 뛰어오른 모양이다.

"아무래도 신기하네. 어떻게 그렇게 잘 알 수가 있지?"

사람 키의 두 배가 넘는 높이 바위 위에서 쿤차이가 신기한
듯 성준을 바라보고 있다.

성준은 쿤차이의 말을 무시하고 정 교관에게 눈짓했다.

정 교관은 일행에게 2레벨 엘리트 몬스터를 상대하던 전투
진용을 갖추도록 지시했다.

호영과 재식이 앞으로 나서고 그 옆으로 다희와 헤라가 섰
다. 그 둘은 위험할 때 바로 호영과 재식 뒤에 숨을 수 있는
위치에 있었다. 그리고 호영과 재식의 뒤로는 정 교관이 자리
를 잡고 일행을 지휘했다.

정 교관의 옆으론 세 명의 여고생이 자리를 잡았다. 그녀들
은 화살을 입에 넣었다가 뺐다. 마비 독을 묻힌 것이다.

마지막으로 보람과 하은이 맨 뒤에 섰다. 보람의 양손에서
주먹만 한 물방울이 공중으로 떠오르고 있었다.

그리고 일행과 약간 떨어져서 러시아 귀환자들이 관전자처럼 일행의 모습을 보고 있다. 그들의 모습은 전투를 보다가 여차하면 달아날 생각인 듯 보였다.

쿼차이는 일행이 진용을 갖추는 모습을 보고 입꼬리를 올리면서 비웃었다.

"재미있군. 한 번 막아봐라."

쿼차이가 검을 들어 올렸다. 그리고 검에 검은 연기를 씌우더니 일행을 향해 날렸다. 검은 선이 된 영기는 재식이 있는 방향이 아닌 일행의 뒤쪽을 향해 날아갔다.

하지만 재식은 움직이지 않았다.

보람이 날아오는 영기를 향해 양손을 폈다. 양손에 있던 물방울이 거대해지면서 앞으로 날아갔다.

츄아악!

일행의 전면 허공에 보람이 날린 물방울이 납작해지면서 거대한 물의 막으로 변했다.

펑! 펑!

검은 선은 물의 방패를 터뜨리면서 함께 사라졌다. 그 모습을 보던 쿼차이는 인상을 찡그렸다.

쿼차이는 다시 한 번 공격하려다가 성준 일행을 보고 긴장감에 뒷목이 싸해졌다. 사람이 한 명 비었다.

쉰차이는 급하게 검에서 검기를 취소하고 몸을 공중에 띄
웠다.

스앗!

쉰차이가 떠오르는 순간 쉰차이의 발목에서 피가 튀었다.
쉰차이는 발목에서 피를 뿌리면서 공중으로 떠올랐다.

바위의 표면이 쭉 위로 길어졌다. 그리고 그 물체는 미영으
로 변했다.

미영은 위를 향해 보더니 쉰차이에게 말했다.

"댁도 감이 좋은 것 같은데?"

쉰차이는 놀림을 받았다는 생각에 바로 비행 능력을 취소
했다. 그리고 떨어지면서 미영을 향해 영기비검을 날렸다.

영기비검은 미영을 향해 날아갔고, 미영은 쉰차이에게 윙
크를 했다.

검은 선은 미영을 통과해서 뒤로 날아갔다.

"좀 이따가 봐요."

미영은 돌 속으로 몸을 감추었다.

슈슈슈슉!

그리고 떨어지는 쉰차이를 향해 각종 화살이 날아들기 시
작했다.

"크아아아아악!"

쉰차이는 날아오는 화살들을 향해 영기비검을 날리면서

괴성을 질렀다. 이렇게 당하는 건 처음이다. 쿼차이는 비검으로 날아오는 화살들을 겨우 다 막았으나 그 대가로 땅바닥을 구를 수밖에 없었다.

"다 죽인다!"

분노에 찬 소리를 지르면서 쿼차이가 땅에서 고개를 들었을 때 그곳에서는 성준이 허공을 박차고 검을 쿼차이에게 향한 채로 내리꽂히고 있었다.

"너부터 죽어!"

쿼차이는 누워서 성준을 향해 영기비검을 휘둘렀다. 성준은 한쪽 손으로 허공을 밀어내 비검을 피하고 쿼차이를 향해 내리꽂혔다.

쿼차이는 이를 악물고 비행 능력으로 바닥에서 쭉 미끄러졌다. 아슬아슬하게 성준의 검은 쿼차이의 머리카락만 자를 수 있었다.

쿼차이는 계속 미끄러지면서 몸을 공중에서 회전해 일어났다. 그리고 전면을 보았는데 바로 앞에 한 여성이 검을 들어 가로막고 있었다.

쿼차이는 자신이 자랑하는 검법을 이용해 여성을 베어버렸다.

아플 때도 놓지 않고 20년 이상 수련한 검이다. 사각으로 치고 들어가는 검을 막을 수 있는 자는 이미 죽은 친족들밖에 없었다.

여성은 퀸차이를 바라보면서 자신의 검을 퀸차이의 검에 대었다. 그러자 여성의 검이 퀸차이의 검과 충돌하지 않고 퀸차이의 검을 휘돌아 감았다.

퀸차이는 정신이 번쩍 들었다. 이건 화경이었다. 자신의 힘이 상대편 여성에게 말려들고 있었다.

퀸차이는 검에서 손을 놓고 능력을 사용해 하늘로 치솟아 올랐다. 퀸차이는 하늘로 올라가면서 수치감에 검을 놓은 손을 덜덜 떨었다.

퀸차이는 하늘 높이 올라서 아래를 내려다보았다. 성준 일행이 까마득한 아래에 보이고 있다. 성준과 그 일행을 보던 퀸차이는 이를 갈더니 숲을 향하여 날아가 버렸다.

성준은 멀리 점이 되어 날아가는 퀸차이를 바라보았다. 아무래도 이 던전 안에서 퀸차이의 습격이 계속될 확률이 높았다.

성준은 일행을 모아서 회의를 했다.

"지금은 퀸차이가 달아났지만 제 생각에는 또 공격해 올 확률이 높습니다. 제 생각에는 빨리 던전을 빠져나가야 할 것 같은데 다른 분의 의견은 어떻습니까?"

"혹시 그냥 도망간 것 아닐까요?"

성준의 말에 미리가 손을 들고 물었다. 그 말에 정 교관이 대답했다.

"이 정도로 도망칠 거였다면 이곳에 뛰어들지도 않았을 겁니다. 위험 부담을 각오하고 뛰어든 것을 보면 쿼차이의 능력에 무슨 페널티가 있을지도 모릅니다."

"동족 영기 강탈이라… 그럼 동족이 아닌 영기는 안 되나?"

미영의 말에 모두 그럴듯하다는 표정이 되었다.

"하긴 귀환자에게서도 영기를 얻고 몬스터에서도 얻을 수 있으면 이렇게 힘들게 사람들을 죽이러 다니지 않겠죠. 몬스터들만 잡아도 될 테니."

"맞아. 둘 다 영기를 얻을 수 있었으면 지금 엄청나게 강할걸?"

보람의 말에 헤라가 맞장구를 쳤다.

"지금도 강한데요? 우리 모두의 공격을 혼자 받아냈어요."

"그래도 우리가 이겼잖아. 승리라고, 승리."

소영이 갸우뚱하면서 이야기하자 다희가 손가락으로 브이 자를 만들어 보였다.

일행의 말에 성준이 결론을 내렸다.

"만약 쿼차이가 귀환자에게서만 영기를 얻을 수 있다면 기필코 우리를 모두 죽이려고 할 겁니다. 거기다가 우리가 쿼차이의 비밀을 알고 있으니 여기서 나가지 못하게 하려고 할 겁니다. 우리는 쿼차이의 습격을 대비하면서 최대한 빨리 이곳을 빠져나가야 합니다."

한국의 귀환자들은 모두 성준의 말에 동의했다. 성준은 러시아 귀환자들을 바라보았다.

러시아 귀환자들도 성준과 일행의 이야기에 동의하는 것 같았다. 안드레이가 모두를 대표해서 말했다.

"저희 생각에도 또 공격해 올 확률이 높아 보이는군요. 그럼 몬스터를 회피해서 귀환 지점으로 전력으로 이동합니까?"

성준은 고개를 끄덕였다.

"네. 아무래도 저희의 이동 속도가 느립니다. 쿼차이가 함정을 파기 전에 최대한 빨리 이동하도록 하죠."

성준의 말에 안드레이가 대답했다.

"그럼 저희가 앞장서죠. 그 방면은 저희가 전문입니다."

성준은 안드레이의 말에 고개를 끄덕였다.

일행은 러시아 팀이 선두에 나서고 한국 귀환자 팀이 러시아 팀을 보호하는 진형으로 바꾸었다.

"출발하겠습니다."

안드레이의 말에 성준은 고개를 끄덕였다. 그리고 일행은 앞에 보이는 숲을 향하여 움직이기 시작했다.

일행은 얼마 지나지 않아 숲으로 진입하게 되었다. 이곳의 숲은 나무의 품종은 다르겠지만 캐나다의 거대한 나무들로 이루어진 숲을 보는 기분이었다. 일행이 모두 감싸 안아야 할 정도로 큰 나무들이 하늘 높이 솟아 있었다.

큰 나무 덕분에 나무 사이의 간격은 꽤 멀어서 일행은 불편함 없이 앞으로 나아 나갈 수 있었다.

안드레이의 능력은 신기했다. 이동하다가 얼마 지나지 않아 사람들을 정지시키고 방향을 바꾸었다. 그런 식으로 이동하자 숲에 들어와서도 한참 동안 몬스터와 만나는 일이 없었다.

몬스터와 만나는 일이 없어지자 사람들은 주위의 풍경을 신기한 듯 바라보았다.

2레벨 던전까지는 숲도 어느 정도 인위적인 느낌이 있었다. 거기다가 나무와 풀, 그리고 몬스터들 이외에는 살아 있는 것이 없었다.

하지만 이곳은 마치 자연의 숲에 들어온 느낌이었다. 다양한 풀이 자라고 있고 하늘에는 이름 모를 곤충들이 날고 있었다. 나무는 바람에 따라 잎을 흔들고, 나무 사이를 이동하는 동물의 모습도 보였다.

"혹시 저 동물들도 영기회복석을 주지 않을까요?"

보람이 러시아 귀환자들의 눈치를 보면서 성준에게 물었다. 성준은 고개를 끄덕이면서 보람에게 말했다.

"좀 있다가 쉬는 시간에 확인해 보도록 하지."

성준은 이동하면서 벌레를 잡아보고 풀이나 꽃을 꺾어보았다. 벌레는 잡아서 죽이자마자 검은 연기가 되어서 사라졌고, 풀과 꽃도 꺾은 후 잠시 뒤에 연기가 되어 사라졌다.

연기가 사라지는 방향을 보니 흡수되는 것 같지는 않았다.

잠시 뒤 안드레이가 일행을 멈추었다. 성준이 안드레이에게 다가갔다.

"앞에 몬스터의 숫자가 많아 더 이상은 기존의 방법으로 몬스터 몰래 움직이기 어려울 것 같습니다."

안드레이는 그렇게 말하고 일행을 모두 밧줄로 연결했다. 그리고 최대한 붙어서 따라오라고 말했다.

모두 준비가 되자 다른 러시아 귀환자가 나서서 능력을 사용했다. 귀환자가 일행을 향해 손을 내밀자 검은 영기가 귀환자의 손에서 나와 모두에게 흡수되었다.

그러자 모두의 존재감이 희미해지기 시작했다. 일행은 서로 둘러보면서 신기해했다. 눈앞에 존재하는데 조금만 고개를 돌려도 상대를 인지하기가 어려웠다. 성준과 보람, 미영은 그나마 별 차이 없이 인지할 수 있었다. 레벨에 따라 차이가 있는 모양이었다.

그 뒤 여성 귀환자가 머리 위로 한 손을 뻗었다. 그 손에서는 검은 영기가 뿜어져 나오다 물기를 머금은 안개로 변했다. 그리고 일행의 주위를 안개가 감싸 안았다.

안드레이가 밧줄을 이끌고 선두에 서서 일행을 출발시켰다. 일행은 조용히 숲을 가로지르기 시작했다. 안개는 여성 귀환자 손에서 계속 발생해 사방으로 퍼져 나갔다.

일행이 안개 속을 진행해 나가자 좀 떨어진 곳에서 거친 숨소리가 들리기 시작했다. 몬스터였다. 주위에서 들리는 소리에 일행은 움찔했지만 계속 전진했다. 그리고 잠시 뒤 안드레이가 일행을 정지시켰다.

"이 주위에는 몬스터가 없습니다. 안심하셔도 됩니다."

안드레이의 말에 모두 안도의 한숨을 내쉬자 여성 귀환자는 손을 밑으로 내렸다. 그러자 주위의 안개도 사라져 갔다. 어느새 존재감을 약화시키던 능력도 사라진 모양이었다. 서로를 인지하는 데 불편함이 없었다.

"그럼 이곳에서 좀 쉬죠. 다들 긴장했으니 피곤할 것 같습니다. 이곳에서 점심을 먹읍시다."

성준의 말에 안드레이가 고개를 끄덕이자 모두 식사를 하기 시작했다. 밖에서 가져온 샌드위치와 커피였다. 첫 식사는 항상 소풍 식으로 하던 것이 습관이 되어버린 것 같았다.

몇 사람을 경계로 세운 후 성준은 샌드위치를 하나 입에 물고 능력을 사용해서 주변에 있는 나무 중 가장 큰 나무 위로 뛰어올랐다.

밑에서 신기한 듯 바라보는 러시아 귀환자들을 뒤로하고 성준은 나무 위로 쭉쭉 올라갔다. 이제는 조절만 잘하면 계속해서 빠른 속도로 이동할 수도 있을 것 같았다.

그러다 성준은 어느 순간 옆도 보지 않고 검을 소환해 휘둘렀다.

캑!

나무에 매달린 큰 거미처럼 생긴 생명체가 성준의 검에 의해 반쯤 잘려나갔다. 성준은 손으로 하늘을 후려쳐서 반동으로 그 자리에 멈추어 생명체를 바라보았다.

생물체는 반으로 잘리자 잠시 뒤 검은 연기가 돼서 사라졌다. 이 생물도 영기회복석을 주지 않았다. 성준은 영기회복석을 주는 생명체가 그 이상한 물고기 말고는 없을지도 몰라 걱정되었다.

성준은 결국 나무의 끝까지 올라갔다. 그리고 한 손으로 나무를 붙잡고 튼튼한 나뭇가지를 밟고 섰다.

다행히 큰 나무를 선택한 덕분인지 숲이 눈 아래에 펼쳐져 있다. 성준은 우선 뒤를 돌아보았다. 멀리 거대한 벽이 하늘 끝까지 솟아 있었다. 그리고 그 아래 일행이 지나온 초원과 숲이 보였다.

성준이 고개를 돌려 앞을 보자 눈앞으로 끝없는 숲이 보였다. 앞쪽 중간에 나무가 없어 이곳에서 보기에는 구멍이 난 것처럼 보이는 곳도 있고 높게 솟아올라 산처럼 보이는 부분도 있었지만 기본적으로는 계속 숲이었다.

성준은 감각을 활성화해 숲의 위쪽과 하늘을 샅샅이 뒤졌다. 하지만 그 어디에도 쥔차이의 느낌은 느껴지지 않았다. 성준은 고개를 흔들고 다시 밑으로 내려갔다.

성준이 밑으로 내려가자 일행은 식사를 마치고 있었다. 성준은 일행을 잠시 쉬게 했다. 보람이 영기회복석에 대해 궁금했는지 성준을 바라보았지만 성준은 고개를 흔들었다.

잠시 뒤 일행은 다시 출발했다. 성준은 이대로 가면 저녁이 되기 전에 위에서 본 공터에 도착할 수 있을 것 같았다. 어쨌거나 주위가 잘 보이는 곳에 잠자리를 정하는 것이 좋을 것 같았다.

이제 공터에 가까워지는지 나무 사이의 간격이 멀어지기 시작했다. 나무가 드문드문 있어서 멀리까지 보이기 시작했다.

안드레이 덕분에 모두 안전하게 움직일 수 있게 되자 다들 긴장을 풀 수 있게 되었다.

재식이 다시 러시아 여성에게 접근하기 시작했다. 러시아 귀환자는 각이 잡힌 건달의 모습에 겁을 먹었는지 슬금슬금

피했고, 안드레이는 눈살을 찌푸렸다.

호영이 그 모습을 보고 한숨을 내쉬면서 재식의 귀를 잡고 끌고 왔다.

"형님, 방해하지 말아주세요."

"항상 러시아 여자를 보면 환장하더니 이 와중에도 껄떡대는 거냐?"

호영이 재식에게 눈을 부라렸다.

"간만에 멋진 여자를 봤는데 그냥 놔두면 안 되죠."

"넌 그래서 안 돼. 눈이 있으면 봐라. 저 러시아 대빵하고 저 여자하고 연인 사이다."

재식이 눈을 돌려 러시아 사람들 쪽을 보자 여자가 안드레이에게 달라붙어 있고 안드레이가 여자를 위로하고 있었다.

재식은 한숨을 내쉬었다. 그리고 정 교관을 힐끔 보고 혼잣말을 했다.

"아, 정 교관님 나이까지 얼마 안 남았는데 큰일이다."

정 교관은 재식의 말에 이마에 살짝 힘줄이 솟았지만 표정엔 변화가 없었다. 하지만 손을 꽉 쥐는 것이 꾹 참는 모양새다.

성준은 재식의 행동에 피식 웃다가 정색했다. 주위의 분위기가 이상했다. 감각을 날카롭게 올렸다. 숲의 공기가 바뀌었다.

성준이 주위를 둘러보자 움직이던 벌레들이 사라졌다. 성준은 머리 위를 올려다보았다. 머리 위에서 작은 생물들이 한 방향으로 뛰어가는 모습이 보였다.

"모두 정지!"

성준이 낮게 소리쳤다. 성준 일행은 바로 자신의 자리를 찾아가면서 무기를 사방으로 겨누었다. 러시아 귀환자들은 어리둥절해하며 성준을 바라보았다.

"무슨 일이죠? 이곳에는 몬스터들이 없어요."

성준은 안드레이의 말에 날카롭게 대꾸했다.

"숲의 공기가 바뀌었어요. 벌레도 사라지고 작은 동물들의 움직임도 이상해요."

성준이 손가락으로 위를 가리켰다. 위를 올려다본 안드레이의 표정이 굳었다.

"모두 최대한 경계! 제가 확인하고 오겠습니다."

그때였다. 왼쪽의 낮은 언덕 뒤에서 커다란 괴성이 터져 나왔다.

쿠와와왕!

쾅!

그곳에서 무엇인가 박살 나는 소리도 들렸다.

얼굴빛이 바뀐 성준은 수리에게 고개를 끄덕이고 주변에서 가장 큰 나무를 타고 오르기 시작했다.

성준은 나뭇가지를 손과 발로 밀어붙이면서 죽죽 위로 솟구쳤다. 성준의 움직임은 점점 능숙해져 가고 있었다. 얼마 되지 않아 성준은 나무 꼭대기에 올라설 수 있었다.

소리가 나는 쪽으로 고개를 돌린 성준의 표정이 굳어졌다.

낮은 언덕 뒤 나무들 사이로 거대한 외눈박이 거인의 모습이 보였다. 그 거인은 약 7미터 정도 되는 키에 한 손에 나무 기둥을 들고 있었다.

그 거인은 무엇을 찾는지 주위를 둘러보다 다시 손에 든 나무 기둥을 땅에 후려쳤다.

쾅!

성준이 있는 곳까지 땅이 울리는 것이 느껴졌다.

그 몬스터 뒤로 똑같이 생긴 다른 몬스터가 보이기 시작했다. 성준이 보기에 몬스터들은 적어도 2레벨 엘리트 몬스터로 보였다. 두 마리의 몬스터는 무엇을 찾는지 나무 기둥으로 사방을 내려쳤다.

퍽!

몬스터들이 있는 나무 사이에 검은색 선이 그어지고, 몬스터 중 한 마리의 가슴에서 피가 터져 나갔다.

쿠왕!

다시 한 번 몬스터들의 괴성이 울려 퍼졌다. 그리고 몬스터들이 있는 곳에서 작은 인영 하나가 공중으로 솟구치더니 성준 쪽으로 날아왔다. 쿤차이였다.

쿤차이는 몬스터들과의 싸움에서 다쳤는지 피가 흐르는 옆구리를 붙잡고 성준의 위쪽을 지나쳐 갔다.

쿤차이는 나무 위에 서 있는 성준에게 입 모양으로 한마디 하고는 그대로 날아갔다.

'선물이다.'

성준이 몬스터들을 바라보자 몬스터들은 흥분해서 쿤차이를 쫓아 움직이기 시작했다. 당연히 그 방향은 성준이 있는 쪽이었다.

성준은 몬스터들이 다가오는 모습을 보고 나무에서 뛰어내렸다. 저 언덕만 넘으면 일행이 있는 곳이다.

성준의 옆으로 나뭇가지가 지나갔다. 성준은 아래로 떨어지면서 옆으로 지나가는 나뭇가지를 손과 발로 걸어차서 속도를 조절했다.

쿵!

그리고 성준은 마지막 순간 허공을 밟아 속도를 늦추어 바닥에 내려섰다.

바닥에 내려선 성준은 주위의 시선은 무시하고 급하게 러시아 귀환자들에게 물었다.

"존재감을 감추는 능력은 2레벨 엘리트 이상의 몬스터에게도 통하나요?"

성준의 갑작스러운 물음에 귀환자는 혼란스러워하다가 고개를 좌우로 흔들었다.

"제 능력의 한계인지 보통의 2레벨 몬스터까지만 가능합니다."

이야기를 듣고 있던 안드레이의 얼굴이 하얗게 변했다. 몬스터의 기척을 느낀 것이다.

"2레벨 엘리트 2마리!"

안드레이는 몬스터의 위치와 레벨까지 알 수 있는 모양이었다. 성준은 안드레이에게 빠르게 물었다.

"혹시 다른 방법으로 2레벨 엘리트로부터 숨거나 피할 방법이 있나요?"

안드레이는 고개를 좌우로 흔들었다. 성준에게 말하지 못했지만 그동안 감당 못하는 몬스터가 있으면 무작정 도망쳐서 저레벨 귀환자의 희생으로 살아났던 것이다.

"그럼 몬스터들이 가장 적은 방향은 어디인가요?"

성준의 계속되는 질문에 안드레이는 일행이 가려고 하던 방향을 가리켰다. 그 방향은 아까 본 공터가 있는 방향이었다.

"출발합시다. 몬스터들을 상대하더라도 좋은 지점을 선점해야 합니다."

성준은 말과 함께 일행의 앞을 달려나갔다. 그리고 그 뒤를 수리가 쫓아갔고, 한국 귀환자 팀이 바로 따라붙었다.

안드레이는 몬스터들이 오는 방향을 보더니 인상을 쓰고 말했다.

"한국 팀을 따라간다."

러시아 귀환자 팀도 한국 귀환자들을 뒤따르기 시작했다.

쿵! 쿵! 쿵!

잠시 뒤 일행이 사라진 숲 속에 몬스터들이 나타났다. 그 몬스터들은 한 눈으로 좌우로 살피고 코를 킁킁거렸다. 쫓던 목표물의 냄새가 양쪽에서 나는 것이다.

몬스터들은 가까운 쪽의 냄새를 쫓기로 했다. 몬스터들이 성준과 일행이 간 방향으로 달려가기 시작했다.

안드레이는 달리다가 인상을 썼다. 잠시 멈추었던 몬스터들이 자신들을 따라오는 것이 느껴진 것이다.

"우리를 쫓아옵니다."

안드레이는 성준에게 외친 후 달리면서 고민을 거듭했다. 자신이 사랑하는 여인과 일행을 살릴 방법을 찾아야 했다.

성준은 안드레이의 말을 듣고 감각을 활성화했다. 멀리서 몬스터의 기척이 느껴졌다.

나무 위에서 확인한 공터의 위치와 지금 쫓아오는 몬스터들과의 거리와 속도를 가늠해 보았다. 대충 시간이 맞을 것 같았다.

"모두 좀 더 힘을 내요. 좀 더 가면 원하는 위치가 나와요."

성준의 말에 모두 더욱더 발에 힘을 주어 달렸다.

그렇게 잠깐의 달리기 후 일행은 숲에서 빠져나와 넓은 풀밭으로 나왔다. 성준이 나무 위에서 볼 때보다 훨씬 넓은 지역이었다. 성준은 몬스터와의 거리가 가까워진 것을 느끼고 소리쳤다.

"공터의 중앙에서 진형을 갖추어요! 전투 준비를 합니다!"

성준과 일행은 공터의 중앙에서 멈췄다. 그리고 몸을 반전해 몬스터를 상대할 전투 진형을 구축했다. 일행은 숨을 가다듬으면서 전방을 바라보았다. 그들 옆으로 러시아 사람들이 지나갔다.

여성 귀환자는 성준에게 미안한 표정을 지어 보였지만 다른 사람들과 마찬가지로 성준과 일행을 지나쳐서 반대편 숲을 향해 달렸다.

성준은 별로 표정이 바뀌지 않았다. 처음부터 기대하지 않았기에 이곳까지 같이 온 것만 해도 만족했다. 이제 러시아 귀환자들의 생명은 그들이 책임져야 할 것이다.

일행이 숨을 고르고 있을 때, 앞의 나무들 사이에서 몬스터들이 등장했다. 성준은 몬스터의 정보를 확인했다.

―숲 지형 유인원 계열, 적응형 각성 버전.

―2등급.

―숲 지형의 적응을 확인.

―특이 능력 각성: 근력 강화, 타격 강화.

―강점: 강력한 힘과 타격력을 자랑한다.

―단점: 눈이 하나라 시야가 좁음.

―분노.

성준은 한숨을 내쉬었다. 가끔가다 이 영기분석은 단점으로 뻔한 내용을 알려주었다.

성준은 바로 지휘권을 넘기고 몬스터를 향해 뛰어나갔다.

"정 교관님, 부탁해요. 한 놈은 저와 수리가 맡습니다."

"조합장님은 괜찮지만 수리 님은 아직 레벨이……."

"저도 충분히 상대할 수 있습니다."

수리는 정 교관의 말을 끊고 바로 성준을 쫓아 달려갔다.

정 교관은 잠시 한쪽 눈으로 앞으로 달려가는 수리를 보다 일행을 지휘하기 시작했다.

성준은 뒤에서 따라오는 수리를 감각으로 파악하고 다시 앞으로 감각을 집중했다.

몬스터가 점점 다가오자 그 크기가 실감이 났다.

"역시 엄청 크군."

성준이 앞으로 다가가자 외눈박이 몬스터는 들고 있는 나무를 성준을 향해 내려쳤다.

쾅!

지면이 흔들렸다. 몬스터의 강력한 힘과 파괴력이 땅을 깊이 파헤쳤다. 하지만 성준은 이미 통나무를 피해 공중으로 떠올라 있었다. 그런 성준을 향해 몬스터의 다른 손이 휘둘러졌다.

몬스터는 아까도 하늘을 나는 놈 때문에 고생했기 때문에 이 조그만 놈이 하늘로 솟구칠 것으로 예상하고 있었다.

성준은 옆에서 다가오는 거대한 손에 질겁하고 허공을 박차서 다시 더 위로 뛰어올랐다. 성준의 눈앞에 놀란 몬스터의 얼굴이 있다. 성준은 절단강화가 걸린 검을 그대로 눈앞의 몬스터를 향해 휘둘렀다.

몬스터는 뺨에 피가 튀어 오르면서 겨우 성준의 검을 피했다. 뒤로 물러나 성준을 돌아보던 몬스터의 다리가 풀썩 꺾였다.

몬스터가 이상해서 밑을 내려다보니 한쪽 발목의 아킬레스건이 베여 피가 나오고 있었다. 그리고 앞쪽으로 인간 하나가 도망가고 있었다.

크아앙!

분노한 몬스터가 소리쳤다.

분노한 몬스터의 소리를 들은 정 교관은 성준이 있는 방향을 힐끔 보았다. 역시 대단했다. 몬스터를 상대하자마자 벌써 몬스터를 무릎 꿇리고 있었다.

이쪽도 몬스터가 들이닥쳤다. 아까 바닥을 내려치는 소리를 들으니 보통 강한 공격이 아니었다. 정 교관은 소리쳤다.

"재식 씨! 보람 씨! 방패 최대로! 공격이 강해요!"

일행을 향해 들이닥친 몬스터는 쾬차이에게 가슴을 크게 베인 상태로 고통과 분노로 정신이 없었다. 몬스터는 눈앞에 인간들이 보이니 바로 통나무를 내려쳤다. 떨어지는 통나무는 은은한 빛을 머금고 있었다.

내려치는 통나무 앞으로 물로 된 방패가 생성되었다. 보람의 양손에서 생성된 물은 각각 방패가 돼서 일행의 위를 두 겹으로 막아섰다.

그리고 재식이 일행의 앞에서 최대의 크기로 방패 능력을 키웠다. 반투명하게 생성된 방패는 물로 이루어진 방패 아래에 또 한 겹의 방패를 만들었다.

그리고 그 방패들을 뚫고 호영이 날린 두 개의 나무가 위쪽으로 솟아올라 내려치는 통나무와 충돌했다. 방패들은 원하는 방향만 막을 수도 있는 모양이었다.

두 개의 나무는 바로 터져 나갔다. 그리고 나무를 뚫고 통나무는 아래의 방패들과 충돌했다.

펑!

펑!

쾅!

물로 만든 방패 두 개가 차례로 터져 나갔다. 하지만 마지막 재식의 방패는 몬스터의 통나무 공격을 막아내는 데 성공했다.

"컥!"

재식은 몬스터의 공격을 막으면서 피를 토했다. 몬스터의 공격이 재식에게까지 충격을 준 것이다. 옆에 있던 하은이 바로 재식을 치료하기 시작했다. 재식은 이미 고통에 해탈한 표정이었다.

그때 정 교관이 소리쳤다.

"공격!"

몬스터를 향해 일행의 공격이 쏟아졌다. 날아오는 화살과 창에 몬스터가 다른 손으로 앞을 가리려고 했으나 먼저 도착한 화살에 의해 움직임이 잠깐 멈추었다.

그리고 몬스터의 앞에 각종 공격이 쏟아졌다. 폭발 화살이 터지면서 몬스터의 가슴에 화상을 입히고, 헤라의 관통 화살은 몬스터의 어깨를 뚫어버렸다. 정 교관의 창은 몬스터의 볼에 박혔다.

크아앙!

멀리서 들리는 몬스터의 분노에 찬 소리에 성준이 수리에게 말했다.

"저쪽은 끝내가는 모양인데?"

"저희도 끝내죠."

성준은 수리의 말에 피식 웃고는 다시 몬스터를 향해 뛰어올랐다. 수리는 성준의 뒤를 따라서 몬스터를 향해 달려갔다.

한쪽 무릎을 꿇고 성준을 노려보던 몬스터는 다시 한 번 성준이 자신을 향해 쏘아오자 통나무를 옆으로 던져 버렸다. 그리고 한 손을 성준을 향해 휘두르고 다른 손은 성준이 다른 쪽으로 튀어 오를 것을 대비해 휘두를 준비를 했다. 아까 당한 공격을 다시 당할 수는 없었다.

하지만 성준은 이번에는 오히려 허공을 박차 몬스터의 가슴으로 뛰어들었다.

의표를 찔린 몬스터가 움찔하자 성준은 가슴에 절단강화가 걸린 검을 깊게 꽂아 넣었다. 그리고 독으로 능력을 전환하려고 했다.

그때 위에서 무엇인가 다가오는 기척을 느꼈다. 성준은 바로 검을 놓고 머리 위로 손을 후려쳤다.

성준은 아래로 뚝 떨어졌고, 몬스터는 한 손으로 검이 박힌 자신의 가슴을 후려칠 수밖에 없었다.

크앙!

검을 자신의 손으로 더 깊게 박아 넣은 몬스터는 괴로움에 소리를 질렀다.

성준이 아래를 보자 수리가 성준이 떨어지는 모습을 보고 몬스터의 발등에 상처를 내고 지나가고 있었다.

성준은 괴로워하는 몬스터의 발 위로 착지했다. 그리고 검을 소환해서 검에 독 능력을 가득 밀어 넣어 수리가 베어놓은 상처에 깊게 찔러 넣었다. 그리고 독 능력을 퍼부었다.

귀환자 조합 일행과 몬스터의 전투는 그야말로 난타전이었다. 몬스터는 전면에서 각종 공격을 받으면서도 일행을 통나무로 내려쳤다.

보람과 재식, 호영이 가까스로 막아내고 있었지만 계속해서 위험한 상황이 지나가고 있었다. 보람은 어떡하든 회복석을 꺼내려고 했지만 도저히 틈이 나지를 않았다.

그러다 몬스터의 발악적인 공격에 재식이 피를 토하고 기절해 버렸다. 하은이 치료 능력을 퍼부었지만 기절한 사람을 깨울 수는 없었다.

몬스터는 얼굴 한쪽이 날아가고 귀 한쪽이 없어졌으며 가슴과 배가 뚫리고 파인 상태였다. 하지만 기쁨에 찬 미소를 지으면서 통나무를 다시 치켜들었다.

그리고 보람이 이를 악물고 다시 물로 방패를 만들었을 때,
몬스터의 뒷목에서 피가 뿜어져 나왔다. 성준이 급하게 이쪽
으로 날아와서 절단강화를 건 검으로 몬스터의 뒷목을 베어
버린 것이다.

뒷목이 베인 몬스터는 그만 생명력이 다했는지 통나무를
놓치고 뒤로 넘어갔다.

그리고 성준도 급하게 점프하느라고 영기가 부족해 바닥
에 나뒹굴었다.

하은이 급하게 성준에게 뛰어갔고, 사람들은 재식을 깨우
고 전장을 정리하기 시작했다.

수리는 연기가 되어 사라지는 몬스터에게 다가가 땅에 떨
어진 구슬을 챙겼다. 수리의 손에 영롱하게 빛나는 2레벨 구
슬 두 개가 들려 있다.

일행이 그렇게 부산하게 움직이고 있을 때 일행 앞의 숲에
서 구조를 바라는 소리가 들려왔다.

"살려주세요! 안드레이를 살려줘요!"

일행이 소리 나는 곳을 바라보자 숲에서 러시아의 여성 귀
환자가 어깨에 안드레이를 짊어지고 일행을 향해 걸어오고
있었다. 안드레이는 심하게 상처를 입었는지 정신을 못 차리
고 있었다.

일행이 놀라고 성준이 움직이려고 할 때 여성 귀환자 뒤에서 쿤차이의 모습이 나타났다. 쿤차이는 그대로 안드레이의 등에 검을 꽂았다.

"컥!"

쿤차이는 뒤에서 한 손으로 여성 귀환자의 목을 잡고 안드레이의 등을 검으로 후벼 팠다. 잠시 뒤 고통스러운 소리가 멈추고 안드레이는 검은 연기가 되어서 쿤차이에게 흡수되었다.

"쿤차이!"

성준은 소리를 지르면서 쿤차이에게로 튀어나갔다.

"멈춰! 이 계집도 죽이고 싶지 않으면!"

쿤차이는 여성 귀환자의 목을 누르면서 성준에게 소리쳤다. 성준은 그 자리에 멈출 수밖에 없었다.

"와서 이 괴물을 죽여요! 나도 죽일 거예요!"

여성 귀환자는 눈물을 쏟으면서 성준에게 말했다. 하지만 성준은 움직이지 않았다. 쿤차이는 당장 귀환자를 죽일 이유가 없었다.

쿤차이는 성준을 신기한 듯 바라보았다.

"정말 신기하단 말이야. 이번에는 내가 이 계집을 안 죽일 거라는 것을 어떻게 알았지? 이 녀석들 성장치가 바닥이라 정말 아슬아슬했어."

그리고 쿤차이는 여성 귀환자의 귀에 대고 말했다.

"내가 배가 불러서 너는 살려주는 거야. 좀 있다가 배고파 지면 돌아오지."

쿤차이는 성준에게 여성 귀환자를 밀어버리고 위로 날아올랐다. 그리고 피가 배어 나오는 옆구리를 잡고 성준에게 소리쳤다.

"좀 이따 보자고! 너는 특별히 뼛속까지 먹어주겠어!"

성준은 멀리 도망가는 쿤차이를 보고 이를 갈았다. 안드레이를 죽이면서 쿤차이는 100을 채웠다. 다음에 나타날 때는 4레벨의 쿤차이일 것이다.

성준이 바닥에 앉아 오열하고 있는 러시아 귀환자를 부축하자 일행이 성준을 향해 달려왔다.

하은은 여성 귀환자가 다친 곳이 없는지 살피고 치료 능력을 사용했다. 재식은 여성 귀환자 앞에서 안절부절못하고 있었다.

성준의 표정은 심각했다. 성준이 살펴본 쿤차이의 성격이라면 얼마 안 있어 이곳으로 들이닥칠 것이다. 이쪽도 빨리 준비해야 했다.

성준은 급하게 옆에 서 있는 수리에게 물었다.

"구슬 모두 있지?"

"네."

수리는 성준에게 두 개의 구슬을 보여주었다. 두 개의 구슬은 서로 색이 달랐다. 성준은 의아해하면서 영기분석으로 구슬을 확인했다.

―*영기보석 타격 강화 레벨 2.*
―*레벨 2 영기 성장치 100 검투사를 3레벨 검투사로 만듦.*
―*레벨 3 이하의 검투사의 영기 성장치를 증가시킴.*
―*타격 무기를 강화시켜 공격력이 증가함.*
―*타격 시마다 영기 소모 심함.*
―*적용 방법: 먹기.*

―*영기보석 육체 강화 레벨 2.*
―*레벨 2 영기 성장치 100 검투사를 3레벨 검투사로 만듦.*
―*레벨 3 이하의 검투사의 영기 성장치를 증가시킴.*
―*육체 능력을 증가시킴.*
―*제어하기 위한 훈련이 필요함.*
―*적용 방법: 먹기.*

능력이 서로 달랐다. 성준은 귀환자 조합원을 영기분석으로 확인해 보았다. 그들 중에 100이 된 사람은 재식과 정 교관, 그리고 여고생 삼인방이었다.

성준은 하은이 러시아 여성을 위로하는 것을 보고 일행에게 말했다.

"곧 쥔차이가 4레벨이 되어서 나타날 것입니다. 그전에 우리도 최대한 준비해야 합니다. 지금 저희에게는 방금 잡은 몬스터의 구슬 두 개가 있습니다."

성준은 말을 이었다.

"하나는 타격 무기를 강화시키는 구슬이고, 하나는 육체 능력을 증가시키는 구슬입니다. 아마 타격 무기 강화 구슬은 검이나 창을 쓸 때 유용할 것 같습니다."

"구슬의 능력도 볼 수 있었네요?"

헤라의 말에 성준은 모두에게 사과했다.

"죄송합니다. 그동안 모두에게 비밀로 했습니다. 다시 한번 사과드립니다."

성준의 말에 모두 고개를 흔들었다. 다들 대충 눈치채고 있었고, 성준에게 이 정도의 일로 실망할 사람은 없었다.

"괜찮아요. 덕분에 살아난 것이 몇 번인데요. 우리 중에도 비밀을 가진 사람이 많을걸요."

헤라의 말에 하은이 팔목을 잡고 움찔했다.

"네가 얼마 전에 산 하와이 집처럼 말이지?"

"히익! 그걸 네가 어떻게 알아?"

다희의 고자질에 헤라의 눈이 둥그레졌다. 그 모습에 다들 고개를 절레절레 흔들었다.

성준은 다행히 잘 넘어가자 한숨을 내쉬고 이어서 말했다.

"이 구슬을 원하는 분은 우선 이야기해 줘요."

성준의 말이 끝나자마자 정 교관이 손을 들었다.

"제가 타격 강화 구슬이 필요할 것 같습니다. 이제 능력을 사용하지 않는 일반 창 공격은 몬스터에게 잘 먹히지 않는 것 같군요."

정 교관에 말에 성준은 고개를 끄덕였다. 그리고 타격 강화 구슬을 들고 모두에게 물었다.

"다른 분 중에 이 구슬이 필요한 분이 계신가요?"

모두 고개를 흔들었다. 이 중에 타격계라고 하면 호영 정도가 있었지만 아직 성장치가 100이 되지 않았다.

성준은 구슬을 정 교관에게 주었다. 그리고 다른 하나의 구슬을 들어 올렸다.

"자, 그럼 육체 강화 구슬이에요. 필요하신 분?"

모두의 시선이 재식에게 향했다. 재식은 울상이 돼서 말했다.

"지금도 맨날 막다가 다치기만 하는 판에 그것까지 먹으면 완전 인간 샌드백이 될 텐데… 다른 것 먹으면 안 되나?"

재식의 말이 끝나자 호영이 뒤에서 재식의 어깨를 잡으면서 말했다.

"좋은 말로 할 때 그냥 먹어라."

"…네."

재식은 침울한 표정으로 성준에게 구슬을 받았다. 그리고 그 두 사람이 구슬을 삼키자 귀환자 일행은 두 사람의 주변을 경계했다.

그렇게 성준이 정 교관과 재식에게 구슬을 주고 나자 잠시 성준의 손목에서 검 문양이 빛이 나다가 잠잠해졌다.

계속 울먹이던 러시아 여성 귀환자는 일행의 행동을 보고 울음을 그치더니 무언가 결심한 듯한 표정으로 자리에서 일어나 성준에게 다가왔다.

그녀는 눈물범벅인 얼굴을 손으로 쓱쓱 닦더니 성준에게 말했다.

"쿼차이하고 싸울 생각인가요?"

성준은 그녀의 말에 고개를 끄덕였다.

"그럼 저도 같이 싸우게 해주세요. 도움은 안 될지 모르지만 어떻게 하든지 싸우고 싶어요."

성준을 바라보는 여성의 눈에서 독기가 뿜어져 나왔다.

"저… 성함이?"

"마리아 스미르노프입니다."

성준은 고개를 끄덕였다. 그리고 보람을 불러 마리아를 소개시켜 주었다. 성준이 보기에 둘의 능력은 상성이 맞아 보였다.

보람과 마리아는 인사를 하고 이야기를 나누기 시작했다.

잠시 뒤 정 교관과 재식이 정신을 차렸다. 성준은 정 교관의 정보를 먼저 확인해 보았다.

—검투사 정보.

—영기 레벨 3.

—영기 성장치 0.

—영기 100.

—강화 투창 레벨 2, 타격 강화 레벨 1.

—영기 능력치 160.

이제 정 교관은 장거리, 단거리 모두 공격이 가능한 귀환자가 되었다. 성준은 재식의 정보도 확인했다.

—검투사 정보.

—영기 레벨 3.

—영기 성장치 0.

—영기 100.

—철벽 레벨 2, 육체 강화 레벨 1.

—영기 능력치 160.

본인은 실망한 눈치지만 진정한 방어 전사의 모습이 보였다.

정 교관은 자신의 창을 생성해서 이리저리 움직여 보았다. 창끝에서 손잡이까지 은은한 빛으로 물들어 있다. 정 교관은 창으로 옆에 있는 사람 높이의 바위를 찔러보았다.

쾅!

모두 소리에 놀라 정 교관을 바라보았다. 정 교관은 모두에게 사과하고 자신이 찌른 바위를 확인했다.

바위는 정 교관이 찌른 부분이 움푹 파여 있었고 그곳에서 시작된 균열은 바위 뒤쪽까지 이어져 있었다.

딱!

"아야!"

멍하니 정 교관의 모습을 보고 있는 재식의 등을 미영이 뒤에서 세게 때렸다. 미영은 정신을 차리라고 때린 것이었는데 자신의 손만 엄청 아팠다. 꼭 돌덩어리를 때린 느낌이었다.

재식은 등을 두드리는 느낌에 미영을 돌아보았다. 미영이 손을 털고 있는 모습을 보고 재식은 손을 쥐어보았다. 강해졌다는 느낌이 나쁘지 않았다.

*   *   *

하늘을 날던 쿤차이는 다친 옆구리에서 손을 잠시 떼어보았다. 손을 떼자마자 다시 피가 넘치기 시작했다. 인상을 쓴 그는 다시 손으로 옆구리를 틀어막았다.

쿤차이는 몬스터들을 성준에게 유인하다가 몬스터의 공격을 다 피하지 못하고 말았다. 지금까지는 인내심을 발휘해 참았는데, 이젠 피가 부족한지 어질어질했다.

쿤차이는 머리를 흔들어 정신을 차리고 아래를 훑어보았다. 빨리 안전한 곳을 찾아야 했다.

빠득!

이 모든 것이 한국팀 대장 때문이었다.

성준을 떠올린 쿤차이는 이를 갈았다. 이상한 능력을 가지고 있어 모든 계획을 망친 것이다.

이번에만 성공했으면 더 이상 자신을 대적할 인간이 없었을 텐데, 그놈이 모든 것을 망쳐 놓았다.

하지만 이제 다시 기회가 왔다. 4레벨이 되면 다시 몸의 능력은 다소 떨어지겠지만 강화될 능력과 새로 얻게 되는 4레벨 능력이면 충분히 그 귀환자들을 모두 먹어버릴 수 있을 것이다.

그때 쿤차이의 눈에 알맞은 곳이 보였다. 커다란 바위로 포위된 공터였다. 지상에서는 어디에서도 들어올 곳이 없고 하늘로만 출입이 가능해 보였다.

쿤차이는 바위 사이로 내려섰다. 다행하게도 비행 능력의 영기 소모량보다 영기가 차는 속도가 빨랐다. 그렇지 않았으면 이번에 먹을 3레벨 구슬을 준 보스와의 전투에서 죽었을 것이다.

쿤차이는 공터에 내려서서 한쪽 바위에 기대앉았다. 그리고 구슬을 들어 올려 살펴보니 보스 몬스터와의 전투가 생각났다. 베이징 몬스터홀의 보스 몬스터는 정말로 질겼다.

다른 귀환자는 몬스터들에게 죽고 쿤차이에게 먹혀서 남은 사람은 한 명도 없었다. 다행히 몬스터 중에 비행이 가능한 몬스터가 없어서 장거리 공격은 비행으로 피하고 기둥에 붙어 보스를 영기비검으로 공격하는 방식으로 끝없이 싸웠다.

영기비검은 보스의 강력한 방어도 뚫고 계속 타격을 주었지만 계속해서 다친 부위가 재생되었다. 보스는 가끔 강력한 장거리 공격을 쿤차이에게 쏘아 보냈지만 쿤차이는 끝없이 피해 다니면서 보스에게 영기비검을 날렸다.

가끔 실수할 때는 영기회복석도 사용하면서 반나절을 보스와 싸운 끝에 겨우 보스를 쓰러뜨릴 수 있었다. 그래서 얻은 것이 이 영기보석이었다.

쿤차이도 2레벨 엘리트부터는 능력 중 하나만 구슬이 된다는 것을 알고 있었다. 하지만 지금 상황에서는 30%의 확률을 믿을 뿐이다. 이미 상처는 보통 방법으로는 치유가 불가능했다.

쿼차이는 구슬을 입에 넣었다. 그리고 몰려오는 고통을 참아내었다.

5분 정도가 지났다.

바위 사이에서 쿼차이의 웃음소리가 터져 나왔다.

"하하하하하! 신은 나의 편이다! 기다려라, 내 먹이들아!"

그리고 멀쩡해진 쿼차이가 하늘로 솟구쳤다.

* * *

성준은 일행을 둘러보았다.

수리가 성준의 옆에 검을 단단히 쥔 채 서 있다. 수리의 모습은 영화에서 나오는 그 어떤 여전사보다 멋있게 보였다.

그리고 정 교관이 일행의 앞에서 마지막까지 일행의 진형을 정비하고 있었다. 이제는 안대가 그에게 어울려 보였다.

그리고 여고생 삼인방은 자신들의 활에 침을 묻히고 있었다. 마비 침의 지속 시간이 짧아 바로바로 해주어야 하는 모양이었다. 성준은 어린 그녀들을 계속해서 전투에 참여시키는 것이 미안했다.

헤라는 아직도 다희에게 자신의 비밀을 어떻게 알았느냐고 캐묻고 있었다. 그 뒤에서는 보람과 마리아가 이야기를 나누고 있다.

중앙에서는 하은이 자신을 보고 손을 흔들고 있었다.

재식은 앞에서 아직도 투덜거리고 있고, 호영은 그런 재식을 혼내고 있다. 그 옆에서는 미영이 호영과 재식이 툭탁거리는 것을 부드러운 눈으로 바라보고 있었다.

이제 일행은 강력한 전사들이었다. 성준은 고개를 돌려 앞을 보았다. 성준의 감각에 강력한 기운이 느껴지기 시작했다.

"모두 준비!"

역시 쿼차이는 정면 대결을 원했다. 성준이 감각으로 확인한 바에 따르면 그는 자존심이 정말 강한 자였다. 수치를 참지 못하는 그가 더 강한 힘을 얻은 지금 정면으로 덤벼드는 것은 당연했다.

성준은 쿼차이가 점점 다가오자 영기분석을 사용해서 쿼차이를 확인했다.

―검투사 정보.
―영기 레벨 4.
―영기 성장치 0.
―영기 98.

—동족 영기 강탈 레벨 3, 영기 비검 레벨 3, 비행 레벨 2, 육체 회복 레벨 1.

—영기 능력치 190.

성준은 일행에게 소리쳤다.

"4레벨이에요! 그리고 추가된 능력은 육체 회복!"

뒤에서 재식이 투덜거렸다.

"젠장, 완전 바퀴벌레잖아? 절대 안 죽는 것 아니야?"

그리고 일행은 모두 전투 준비를 시작했다. 보람이 다시 한 번 물로 만든 방패를 일행 위에 두 겹으로 띄우자 재식이 팔을 위쪽으로 뻗어 힘을 주었다.

재식의 손에서 반투명한 문양이 생성되더니 점점 확대되었다. 방패가 일행 전체를 덮고, 문양은 점점 진해지기 시작했다.

성준은 일행이 준비된 것을 확인하고는 위로 올려다보았다.

쿤차이는 아래를 내려다보았다. 그새 능력이 강해진 귀환자가 있는 모양이었다. 거대한 방패가 일행 전체를 덮고 있다. 잠시 생각하던 쿤차이는 자신이 끌고 온 엘리트 몬스터들이 생각났다.

"두 마리 다 잡은 건가? 그럼 3레벨 두 명이 늘었겠군."

쿼차이는 한 마리 정도밖에는 못 잡고 피해가 있을 줄 알았는데 예상보다 강한 한국 귀환자들의 모습에 한숨이 절로 나왔다.

그러나 이내 쿼차이는 머리를 흔들었다. 강하면 더 좋았다. 자신의 능력을 더 올려줄 먹이였다.

"뭐, 말로 인사하기는 그렇지?"

쿼차이는 검을 소환해 공중에 뜬 상태에서 영기비검을 아래로 날렸다.

성준은 쿼차이가 비행 능력을 사용한 채로 영기비검을 날리는 모습을 보고 인상을 찡그렸다. 확실히 비행 능력이 강화된 것이다. 그럼 영기비검도 강화되었을 것이 분명했다.

"공격이 더 강력해졌을 거예요!"

"이쪽의 방어도 더 강해졌어!"

성준의 말에 재식이 대답했다.

그리고 영기비검이 물의 방패와 충돌했다.

펑! 펑!

물의 방패는 조금의 저항도 없이 바로 깨졌다. 그리고 영기비검은 재식의 방패 능력과 충돌했다.

쾅!

재식의 방패는 깨지지 않았다. 영기비검은 엄청난 소리를 내면서 재식의 방패 능력을 두드렸지만 재식은 버텨냈다.

"제길, 전보다 더 아프잖아?"

재식은 허벅지까지 땅에 묻혀 버렸다. 그리고 팔의 근육이 찢어지고 입에서 피가 나오고 있다. 하은이 안쓰러운 표정으로 재식을 치료했다.

재식의 모습에 성준이 이를 악물고 위를 올려다보았다. 위에서는 쥔차이가 다시 공격할 준비를 하고 있었다. 다행스럽게도 비행 능력을 사용하면 영기비검을 자유롭게 사용하지 못하는 모양이었다.

"기다려 봐. 내가 막다 보면 저놈도 내려오겠지."

재식은 피 묻은 얼굴을 쓱 닦으면서 말했다. 그 모습을 마리아가 힐끔 쳐다보고 다시 쥔차이를 노려보았다.

성준과 일행은 어떻게 해서라도 쥔차이를 밑으로 끌어내려야 했다. 성준과 일행은 재식의 모습을 보면서 이를 악물었다.

그 뒤로 두 번의 공격을 더 한 쥔차이는 고개를 갸웃거렸다. 예상보다 방어가 강했다. 전에 한나절의 보스 몬스터 전투가 생각난 쥔차이는 짜증이 확 났다.

쥔차이는 이제 멀쩡해진 옆구리를 보았다. 어차피 자신은 불사신에 가까웠다. 내려가서 부숴 버리는 것이 좋을 것 같았다.

쿼차이는 비행 능력을 중지했다. 공중에 떠 있던 쿼차이는 밑으로 떨어지기 시작했다. 쿼차이는 아래로 떨어지면서 성준 일행을 향해 검을 휘두르기 시작했다. 쿼차이가 검을 휘두를 때마다 검에서 검은 선이 튀어나와 일행을 향해 쏟아졌다.

"이렇게 많은 것은 못 막아!"

재식이 위에서 쏟아지는 공격에 비명을 질렀다. 그때 보람이 마리아를 향해 소리쳤다.

"지금이야!"

그 소리를 들은 마리아가 손을 위로 들어 올렸다. 마리아의 손에서 안개가 뿜어져 나오기 시작했다. 보람은 마리아의 손에서 나오는 안개에 손을 가리키면서 정신을 집중했다. 어차피 안개도 물로 이루어진 것이다.

보람의 손의 물줄기와 연결된 안개는 옆으로 퍼지지 않고 점점 뭉쳐지면서 위로 치솟아 올랐다. 그리고 보람이 자신의 두 번째 능력을 사용했다.

보람의 손에서 나온 물줄기가 엄청난 속도로 얼어붙었다. 보람은 순식간에 쏟아져 내려오는 영기비검을 향해 치솟는 안개를 얼어붙게 만들기 시작했다.

그리고 결국 솟아오르던 안개는 작은 얼음 덩어리들이 돼서 영기비검을 향해 돌진했다.

콰콰쾅!

장관이었다. 일행의 머리 위에서 대폭발이 계속적으로 일어났다. 영기비검들은 날아오는 우박을 사방으로 터뜨리면서 계속 아래로 내려갔다. 많은 영기비검이 파괴되었지만 결국 남은 영기비검들은 재식의 방패 능력에 충돌했다.

쾅!

일행의 바로 위에서 굉음이 발생하면서 안개와 수증기가 섞인 구름이 일행을 덮어버렸다.

쿤차이는 계속해서 떨어지다가 일행의 전면의 20m 높이에서 다시 비행 능력을 활성화했다. 쿤차이는 좀 더 떨어지다가 공중에 멈추었다.

쿤차이는 앞의 일행을 감싸고 위로 솟구친 흰 구름에 어이가 없었다. 별 이상한 능력을 사용해서 자신의 공격을 막으려고 한 것 때문이다.

어이없다는 생각에 고개를 흔들던 쿤차이는 갑자기 나쁜 느낌이 들어 한국의 귀환자들을 감싸고 있는 구름을 바라보았다.

그때 정면의 구름이 갈라지면서 성준이 튀어나왔다.

쿤차이의 얼굴빛이 굳었다. 자신의 공격이 막힌 것이다.

쿼차이는 피하려고 하다가 성준이 들고 있는 검을 보고 미소를 지었다.

얼마 전 상당한 고수로 보이는 여자한테 당하기는 했지만 성준의 검술은 일본에서 몬스터와 싸우는 모습으로 확인했다.

쿼차이는 자신의 앞으로 쏘아져 오는 성준을 보고 뒤로 물러나기 시작했다.

성준은 쿼차이와 거리가 가까워지자 바로 들고 있는 검을 쿼차이에게 휘둘렀다. 쿼차이는 성준의 검을 자신의 검으로 후려쳤다. 성준의 검이 튕기면 바로 가슴을 갈라 버릴 생각이었다.

끼이이익!

성준의 검은 쿼차이의 검에 튕겨 나가지 않았다. 거칠게 불꽃을 튀기면서도 성준의 검은 쿼차이의 검을 타고 내려갔다.

쿼차이의 얼굴이 굳어졌다. 말도 안 되는 이야기였다. 아무리 그 여자에게 배웠다고 해도 그 짧은 시간에 이런 성장은 있을 수 없었다.

쿼차이는 검을 소환 해제하면서 뒤로 물러섰다. 계속되는 후퇴에 쿼차이는 이를 악물었다.

성준은 갑자기 없어진 상대의 검에 자신의 검을 허공에 휘두르고 말았다. 하지만 성준은 그 상태에서 바로 허공에 발을 박차 쿤차이에게 뛰어들었다.

쿤차이는 갑자기 나타난 성준의 머리에 두 눈이 휘둥그레졌고, 성준의 머리는 그대로 쿤차이의 얼굴을 박아버렸다.

퍽!

쿤차이는 얼굴이 피투성이로 변해 뒤로 튕겨 나갔다.

"주인님!"

성준은 쿤차이의 얼굴을 들이받은 후 수리의 목소리를 들었다. 정신없는 상태에서도 성준은 다리에 힘을 주어 허공을 박차 위로 솟구쳤다.

그리고 뛰어오른 성준의 뒤에서는 일행이 쿤차이를 조준하고 있었다. 보람은 자신의 능력으로 모든 안개를 걷어버렸고, 하은은 피투성이로 쓰러져 있는 재식을 치료하고 있었다.

그리고 일행의 화살과 창이 쿤차이를 향해 쏘아졌다.

슈슈슈슉!

성준의 아래를 통과한 화살과 창이 쿤차이를 강타했다.

쾅! 콰쾅!

쿤차이는 공중에서 뜯기고 썰리고 터져 버렸다. 허공에서 공격당한 쿤차이는 만신창이가 돼서 바닥을 나뒹굴었다. 다리와 팔은 모두 부러지고 배는 창자가 나와 있다. 그리고 얼굴은 화상으로 엉망이 되었다.

하지만 바닥에 쓰러진 쿤차이의 모습은 급속히 정상으로

변하기 시작했다.

성준은 쿼차이의 모습을 확인하지 못하고 땅으로 떨어지고 있었다. 마지막 능력의 사용으로 영기가 남지 않았기 때문이다.

쾅!

성준도 바닥에 떨어져 엉망이 되었다. 다행히 부러진 곳은 없는 것 같았다.

성준은 후들거리는 몸을 기어이 일으켜 세웠다. 쿼차이에게 시간을 주면 다시 회복할 것이 분명했다. 성준은 수리가 뒤에서 뛰어오는 것을 느끼면서 쿼차이를 향해 이를 악물고 뛰어갔다.

성준이 높이 자란 풀을 헤치고 쿼차이가 떨어진 자리를 확인했을 때 쿼차이는 한쪽 무릎을 꿇고 머리를 숙이고 있었다.

쿼차이의 옷은 찢기고 터져 나가 누더기였다. 하지만 그 어디에도 상처는 보이지 않았다.

쿼차이가 고개를 들고 성준을 향해 씩 웃었다.

"너무 늦었어. 빨리 왔어도 소용없었겠지만."

쿼차이는 그 자리에서 일어나면서 성준을 향해 검을 휘둘렀다. 검에서 검은 선이 튀어나왔다.

"이런!"

성준은 놀라서 능력을 사용해 뒤로 몸을 날렸다. 검은 선들이 성준의 몸 위를 지나갔다.

그리고 누운 채로 허공에서 미끄러지는 성준의 옆을 수리가 몸을 낮게 숙이고 지나갔다.

쿼차이는 비검을 피해 도망치는 성준을 향해 날아가기 시작했다. 그런 그의 앞에 수리가 튀어나왔다.

"기다렸다!"

쿼차이는 수리를 보더니 바로 자신이 자랑하는 검을 찔러 넣었다. 수리는 검이 자신의 목을 향해 다가오는 것을 보고 몸을 뒤로 거의 꺾으면서 자신의 검을 쿼차이의 검에 대고 쭉 밀었다.

수리의 검은 쿼차이의 검을 타고 쿼차이에게 밀려들어 갔다. 하지만 쿼차이는 다가오는 검을 무시하고 그대로 수리에게 돌진했다.

츄악!

수리의 검이 쿼차이의 가슴을 가르고 지나갔다. 하지만 수리는 쿼차이의 몸통 공격에 뒤로 튕겨져 나갔다.

"큭!"

이를 악문 수리의 입에서 피가 터져 나갔다. 능력과 남녀의 체격 차가 수리에게 피해를 입혔다.

뒤로 튕겨져 나가는 수리를 보고 쿼차이는 미소를 지었다.

바로 이것이었다. 자신은 이 기분을 느끼고 싶었다. 쥔차이는 수리가 튕겨져 나간 방향으로 몸을 돌렸다. 몸을 돌리는 쥔차이의 가슴에서 상처가 사라져 갔다.

쓰러진 수리의 앞에 창을 든 남자가 서 있다.

"이번에는 내가 상대해 주지."

한쪽 눈에 안대를 한 그는 창을 쥔차이를 향해 겨눈 채로 자세를 잡았다. 그 모습에 쥔차이는 미소를 지었다. 제대로 배운 놈이었다. 이곳에는 맛있는 먹이가 정말 많았다.

쥔차이는 검을 들지 않은 손을 먼저 덤비라는 듯이 까닥거렸다. 정 교관은 얼굴을 굳힌 채로 쥔차이를 향해 달려들었다. 그리고 자신의 창을 쥔차이를 향해 찔러 넣었다.

쥔차이는 찔러오는 창을 보고 인상을 썼다. 창끝부터 창대까지 빛이 나고 있는 것이다. 쥔차이는 혀를 차고 능력을 사용해서 뒤로 쭉 밀려났다.

순수한 대결에 능력이라니!

쥔차이는 흥이 식었다. 그래서 정 교관을 향해 뒤로 밀려나면서 검을 휘둘렀다. 정 교관에게 검은 선이 날아갔다.

정 교관은 날아오는 검은 선을 향해 자신의 빛나는 창을 휘둘렀다.

쾅!

정 교관은 피를 토하면서 뒤로 튕겨 나갔다. 능력의 차는 어쩔 수 없는 모양이었다.

뒤로 밀려가던 쿼차이는 목 뒤가 서늘한 느낌에 바로 몸을 돌렸다. 그곳에는 성준은 쿼차이를 향해 달려들고 있었다. 인상을 잔뜩 썼다. 이놈이 제일 짜증나는 놈이었다.

쿼차이는 검을 앞으로 하고 성준을 향해 날아갔다. 어차피 같이 찌르면 자신이 이기는 싸움이었다.

푹! 푹!

성준과 쿼차이의 가슴에 상대의 검이 꽂혔다. 쿼차이는 성준을 보고 미소를 지었다.

"나는 계속 회복할 수 있는데 너는 이제 끝이군."

성준은 아무 말도 안 하고 쿼차이의 얼굴을 능력을 사용해서 후려쳤다. 능력이 추가되어 빨라진 주먹은 쿼차이의 이빨을 부수고 쿼차이를 날려 버렸다.

쿼차이와 성준은 서로 반대편으로 튕겨져 나갔다.

쿼차이는 가슴에서 검이 사라진 것을 느끼면서 검을 소환해 다시 쥐었다. 너무나 강하게 맞았는지 정신이 없었다. 잠시 눈을 감고 정신을 모았다.

가슴의 상처가 치료되고 눈을 뜨는 순간, 이 놀이를 끝낼 생각이었다.

잠시 뒤 쿼차이는 가슴이 다 나은 것을 느끼고 입가에 미소를 지으며 눈을 떴다.

쥔차이의 전면에 열네 명의 사람이 보였다. 그들 중 다친 사람은 한 명도 없었다.

쥔차이가 어리둥절할 때 성준의 입이 열렸다.

"공격!"

쥔차이는 추워지는 느낌에 고개를 들었다. 머리 위에 날카로운 얼음 조각이 가득 떠 있다. 보람과 마리아의 합작품이었다.

그 얼음 조각들이 쥔차이를 향해 쏟아졌다. 쥔차이는 이를 악물고 몸을 둥글게 말았다. 이 공격만 이겨내면 되었다. 쥔차이는 만약을 대비해 남긴 마지막 영기회복석 몇 개를 입속에 털어 넣었다.

얼음 조각은 끊임없이 쥔차이를 공격했다. 쥔차이는 몸을 회복하면서 이해할 수가 없었다. 영기에는 한계가 있을 텐데 계속 공격이라니 말이 안 되었다.

쥔차이는 어쩔 수 없이 이를 악물고 회복 능력을 없애 버리고 위로 솟구치기 시작했다. 쥔차이의 온몸에서 피가 터져 나왔다. 그렇게 솟구치는 쥔차이를 향해 각종 화살이 날아들기 시작했다. 화살 공격도 줄을 이어 솟아오르는 쥔차이를 향해 계속 쏟아졌다.

쥔차이는 겨우 모든 공격을 피해 하늘로 날아오를 수 있었다. 쿤차이는 온몸에 피를 줄줄 흘리면서 덜덜 떨었다. 빨리 어디로 숨어서 회복해야 했다.

"몰래 하나씩 죽여야 돼. 모두에게 지옥을 보여주지."

쿤차이가 말을 마치자마자 위에서 성준의 목소리가 들려왔다.

"지옥은 네가 볼 차례야."

쿤차이가 놀라서 위를 올려다보니 성준이 검을 든 채 머리를 아래로 하여 쿤차이에게 내리꽂히고 있었다.

"어떻게 여기까지 올라올 수가?"

쿤차이가 놀라서 소리치는 사이 성준은 쿤차이의 가슴에 검을 꽂고 계속해서 허공을 걷어차면서 밑으로 가속해 갔다.

성준은 다른 손에 들고 있는 영기회복석을 입에 넣고 말도 없이 쿤차이와 함께 내리꽂혔다. 지금 성준 일행은 모두 영기회복석을 사용하고 있었다.

그리고 바닥이 얼마 안 남았을 때 성준은 능력을 사용해 주먹으로 쿤차이를 힘껏 내려쳤다.

튕겨난 성준의 몸은 사방에서 모여든 물 덩이가 받쳐 주었다.

쾅!

쿤차이는 검에 꽂힌 채로 바닥과 충돌했다. 만신창이가 된 쿤차이는 입에서 피를 쏟아냈다.

그런 쿼차이 앞으로 무사히 내려선 성준이 다가갔다.

쿼차이는 겨우 보이는 한쪽 눈으로 성준을 바라보며 말했다.

"항복, 항복하마. 설마 항복한 사람을 죽이지는 않겠지?"

성준은 무심하게 검을 다시 소환해 손에 쥐었다.

"다들 보고 있어! 이곳에서 날 죽이면 살인이야!"

쿼차이는 시간을 벌기 위해 성준을 향해 소리쳤다. 어차피 민간인이었다. 조금만 양심에 거리낌이 있으면 되었다.

주위를 둘러본 성준은 다시 쿼차이를 바라봤다. 그리고 쿼차이에게 말했다.

"넌 몬스터야."

성준은 쿼차이의 목을 베어버렸다.

제5장
귀환 I

쥔차이는 검은 연기가 되어서 사라졌다. 성준의 표정이 굳어졌다. 4레벨이 되면 이제 시체도 남지 않는 모양이었다.

바닥에 구슬 하나가 떨어져 있다. 성준은 표정을 굳히고 구슬을 집어 들었다.

—영기보석 동족 영기 강탈 레벨 3.
—레벨 3 영기 성장치 100 검투사를 4레벨 검투사로 만듦.
—레벨 4 이하의 검투사의 영기 성장치를 증가시킴.

―동족의 영기만 흡수하게 전환됨.

―흡수율이 기존의 방식보다 두 배 이상.

―영기 회복률이 기존보다 두 배 이상.

―적용 방법: 먹기.

성준은 구슬의 내용을 보고 인상을 썼다. 쿤차이의 고유 능력이 구슬이 된 것이다. 쿤차이가 영기를 미친 듯이 사용할 수 있었던 이유를 이제야 알게 되었다. 그런 성준의 옆으로 수리가 다가왔다.

"역시 고유 능력이 있는 귀환자였네요. 원래 고유 능력자가 죽으면 고유 능력 영기보석이 남아요. 능력에 대한 정보는 이미 영기로 전부 전달되었지만 보석은 남게 되죠."

수리는 구슬을 보면서 말을 이었다.

"괴물들은 영기보석을 과거를 잊은 가디언으로 만드는 데 사용해요. 저 같은 경우 다행히 의지가 남아 있어 불량 가디언이 된 거지요."

"내가 죽어도 이런 구슬이 남는다는 거군."

성준의 말에 수리가 고개를 끄덕였다.

"그럼 이미 쿤차이의 고유 능력은 몬스터홀을 만든 놈들이 알게 되었다는 거야?"

"네. 지금 사라지는 영기에 그 정보가 담겨 있으니까요."

성준은 쥔차이의 고유 능력을 보고 이 정보를 적이 알면 과연 어떻게 될지 의문스러웠다.

그런 성준의 옆으로 일행이 몰려왔다. 마리아가 쥔차이가 사라진 자리를 계속해서 바라보면서 눈물을 흘렸다.

성준은 모두를 돌아보며 말했다.

"모두 고생하셨습니다. 쥔차이는 제가 없앴습니다. 모든 책임은 제가 지겠습니다."

성준의 말에 모두의 얼굴이 굳어졌다. 성준이 무저항 상태의 쥔차이를 벤 것은 일반인이 보기에는 문제가 될 여지가 있었다.

하은이 안절부절못하며 주위를 둘러보았다. 그때 마리아가 나서서 말했다.

"정당방위였습니다. 저는 미스터 최가 쥔차이의 공격에 반격해서 쥔차이를 죽이는 것을 두 눈으로 똑똑히 보았습니다."

마리아는 성준을 바라보았다. 마리아의 눈에서 눈물이 다시 흐르기 시작했다.

"안드레이의 복수를 해주셔서 감사합니다. 그 보답으로 진실만을 이야기해 줄 수밖에 없네요."

보람이 나서서 마리아의 어깨를 꼭 감싸주었다. 그리고 다른 사람들은 모두 서로를 바라보더니 고개를 끄덕였다. 이제 이곳의 사건은 정당방위로 모두에게 기억될 것이다.

그 모습은 보고 수리는 미소를 지었고, 성준은 머리를 긁적였다.

잠시 뒤 성준은 방금 얻은 구슬을 일행 앞에 꺼내 들었다.

"쥔차이가 죽고 나온 구슬입니다. 들어 있는 능력은 동족 영기 강탈입니다."

"으헥!"

모두가 인상은 찡그렸고, 미리와 친구들은 기분 나쁜 소리를 냈다.

"아무래도 이건 다른 사람에게 주거나 써도 안 될 것 같습니다. 그냥 폐기하기도 그러니 누가 영기 성장치 증가용으로 쓰시기 바랍니다."

모두는 빤히 성준을 바라보았다. 모두가 저런 꺼림칙한 것은 절대 먹고 싶지 않았다.

성준은 모두를 둘러보고 한숨을 내쉬었다. 자신도 별로 먹고 싶지는 않았지만 버리기도 아까웠다. 거기다 누가 줍기라도 하면 난리였다. 성준은 눈을 딱 감고 구슬을 먹었다.

성준은 자신의 영기 성장치가 증가하는 모습을 확인했다.

―검투사 정보.
―영기 레벨 3.
―영기 성장치 92.
―영기 192.
―영기 능력치 252.

성준이 팔목을 확인하니 아쉽게도 조금 모자랐다. 하지만
이제 조금만 더 올리면 4레벨이었다. 아마 이 던전을 나가기
전에는 올릴 수 있을 것 같았다.

모두 성준의 모습을 지켜보고 있었다. 특히 헤라는 성준이
이상해지면 도망갈 포즈를 취하고 있었다. 성준은 헤라의 모
습을 보고 어이가 없었다.

"무사히 성장치가 올랐습니다. 지금 92까지 올랐네요."

다들 한숨을 내쉬었다. 다들 걱정했던 모양이다. 성준은
차라리 그냥 버리는 것이 나을 뻔했다고 생각했다.

성준은 남은 영기회복석을 확인하는 보람에게 물었다.

"영기회복석은 얼마나 남았어?"

"흠. 한 반 정도 쓴 것 같아요."

성준은 고개를 끄덕였다. 그래도 다행이었다. 이번에 영기

회복석이 없었으면 퀸차이를 놓쳤을 것이다.

"영기회복석은 절대 못 팔겠군."

"네, 완전히 구명줄이에요."

성준은 보람에 말에 이 던전에 들어올 때 본 거대한 호수를 생각했다. 그리고 심각하게 갈등하다 고개를 흔들었다.

어차피 어느 쪽으로 가도 위험도는 같았다. 성준은 호수 쪽으로 일행의 방향을 바꾸는 것에 대해 이야기했다.

모두 성준의 의견에 동의했다. 영기회복석의 중요도가 계속 올라가는 느낌이었다.

하지만 오늘은 이제 쉴 시간이었다. 천장의 빛이 약해지고 있었다. 언제 이렇게 시간이 지났는지 몰랐다.

성준은 이곳에서 쉬기로 했다. 앞으로도 호수에 도착할 때까지 숲이 계속되기에 쉴 만한 곳은 이곳밖에 없었다. 성준의 말에 모두 캠프를 만들기 시작했다.

밤이 깊어 어두운데 머리 위로 작은 빛들이 반짝였다.

하은은 누워 천장을 바라보았다. 천장이 더욱 높아지자 천장에 붙어 있는 빛나는 돌들이 더 작아져 반짝이고 있었다. 그 밑으로 검은 구름마저 흘러 다니니 하은은 지금 보고 있는 것이 별인지 빛나는 돌인지 구별할 수가 없었다.

하은이 누워 있는 곁으로 수리가 다가와 앉았다.

모두 저녁 식사를 마치고 불침번만 남긴 채 모두 잠이 들었다. 수리와 호영, 미영이 불침번이었는데 수리만 남기고 둘은 반대쪽에서 어깨를 기대고 작은 나무둥치에 앉아 있었다.

"왜, 잠을 못 자겠어?"

수리는 여태 잠들지 못하고 있는 하은에게 물었다. 하은은 손을 하늘을 향해 들어 올렸다.

"혹시 제가 고유 능력자라는 것을 성준 오빠한테 들으셨나요?"

수리는 고개를 좌우로 흔들었다.

"아니. 지금 네가 말해주는걸."

하은은 성준이 잠들어 있는 쪽을 보며 미소를 지었다.

"다른 사람의 능력을 알 수 있으니 분명히 제 능력도 알 수 있었을 텐데……."

수리는 성준이 잠든 모습을 보며 말했다.

"주인님은 그런 이야기를 하는 분이 아니지."

수리는 자신의 언어로 이야기했다. 하은은 수리의 언어에서 어떤 향기가 느껴진다고 생각했다.

하은은 자신의 팔목을 보며 이야기했다. 팔목에서 하은의 능력인 정신 방어를 표시하는 마크가 보이는 것 같았다.

"저도 죽으면 이 능력이 들어 있는 구슬이 되는 건가요?"

수리는 고개를 들어 천장을 보았다.

"아마도. 나처럼 무엇인가에 집착하면 망가진 가디언이 될지도……."

하은은 우울하게 말하는 수리를 바라보았다. 자신은 죽으면 시체도 없이 연기가 되겠지만 수리는 이미 인간이 아니었다.

하은은 몸을 일으켜 수리에게 사과했다.

"미안해요. 생각이 없었어요."

"아냐. 내가 좀 기분이 우울했나 봐. 지금은 괜찮아."

수리는 고개를 흔들고 하은을 바라보았다.

"그리고 넌 죽으면 안 돼. 넌 이 팀의 치료사야. 네가 죽으면 이 팀은 전멸이야."

수리는 엄한 전사의 모습으로 하은에게 말했다. 하은은 수리의 말에 고개를 끄덕였다.

그리고 잠시 둘은 말없이 앉아 있었다.

잠시 그렇게 시간이 지났다. 하늘에서 별만이 빛나고 있을 때 조용히 있던 하은이 수리에게 물었다.

"수리 언니는 성준 오빠를 좋아하나요?"

수리는 단호하게 말했다.

"그래."

하은은 다시 한 번 수리에게 물었다.

"가디언으로서 말고 수리로서 오빠를 사랑하나요?"

수리는 하은의 말에 아무 말도 하지 않았다. 다만 자고 있는 성준을 계속해서 바라보고 있을 뿐이었다.

그 모습을 바라보던 하은은 잠시 뒤 조용히 누워 잠을 청했다.

하은이 잠든 뒤 캠핑 장소에서는 호영과 미영의 작은 목소리만 흘러나왔다.

*　　*　　*

아침에 일어난 성준은 바로 옆에서 전과 다름없이 자신을 대하는 수리를 보고 고개를 갸우뚱했다.

어젯밤에 불침번을 서기 위해 수리와 교대할 때 수리의 상태가 이상해 보였다. 하지만 지금 보니 전과 다름없는 모습이다.

성준은 머리를 흔들어 나쁜 생각을 털어버리고 출발 준비를 시작했다. 이제는 여성들도 군대 음식의 비극에 익숙해진 상황이었다. 처음에는 맛있다고 먹던 전투 식량을 보고 인상부터 쓰기 시작했다.

그리고 잠시 뒤 식사를 마친 일행은 출발했다. 목표는 우선 호수 쪽으로 잡았다. 호수를 들러 호수에 유입되는 강줄기를 따라 상류로 올라간다는 계획이다.

방향도 크게 틀어지지 않아서 안드레이가 없는 지금은 제일 좋은 방법이었다.

일행은 다시 숲으로 진입했다. 모두 긴장하기 시작했다. 안드레이가 없는 상황에서 언제 몬스터와 만날지 알 수가 없었다.

성준은 일행의 앞에서 능력을 사용해 사방을 살펴보았다. 공터에서 멀어지자 이제 나무들 사이가 좁아지기 시작했다. 시야가 점점 좁아졌다.

그렇게 한참을 걷다 성준이 일행을 멈추어 세웠다. 성준에 감각에 무엇인가가 걸려들었다.

"모두 전투 준비."

성준의 낮은 목소리에 일행은 모두 진형을 갖추기 시작했다. 마리아는 보람의 옆에 서 있었다.

성준은 감각을 활짝 열었다. 사방에서 정보가 들어오기 시작했다.

―주변 나무, 이상 없음.

―공기 흐름, 이상 없음.

―땅 색깔, 다르지 않음.

―전방 풀밭의 많은 풀이 바람에 움직이지 않음.

성준은 조용히 손짓해서 여고생들에게 멈추어 있는 풀을 가리켰다. 그러자 미리와 소영, 가람이 각각 활을 성준이 가리킨 방향을 향해 조준했다.

그녀들은 성준의 신호와 함께 화살을 쏘았다.

슈욱! 픽!

화살이 빛살처럼 날아가 각기 풀에 박혔다.

"까아악!"

화살이 박힌 풀에서 비명이 터져 나오면서 풀들이 땅에서 쑥 올라왔다. 풀 아래에는 작은 사람들이 있었다.

그들은 초등학생 정도의 크기에 얼굴은 크고 몸은 말라 있었다. 다들 대머리에다가 풀을 둘둘 감고 있었다.

그 작은 난쟁이들은 구멍을 파고 그곳에 숨어서 풀로 위장하고 있었던 것이다.

성준은 바로 영기분석을 사용해 보았다.

―숲 적응형 가디언.
―1등급.
―실바족, 일반형.
―강점: 없음.
―약점: 장점이 없음.

—마스터: XXX.

—긴장.

—대상 마스터의 능력에 의해 정보가 일부분 제한됩니다.

수리가 말한 3레벨 던전부터 존재한다는 지성이 있는 가디언이었다. 그들은 벌거벗은 몸에 나무창 하나만을 들고 있었다.

성준은 눈살을 찌푸렸다. 이제부터는 사냥이 아니라 인간들 간의 전쟁이었다. 귀환자들의 정신력을 강화시킨 이유가 이것 때문인 모양이었다.

성준이 눈살을 찌푸리는 중에 적들이 일행을 향해 창을 던졌다. 성준은 급히 정신을 차리고 소리쳤다.

"방어! 이놈들, 몬스터다!"

어차피 자신들을 죽이려는 적이다. 성준은 적을 향해 몸을 날렸다.

가디언들이 날린 나무창은 재식의 방패에 모두 막혔다. 그리고 성준과 성준의 뒤를 이어 달려나간 수리에 의해 가디언은 모두 제거되었다.

성준은 마지막 가디언의 가슴에 검을 박아 넣었다. 그리고 검을 빼고 검은 연기가 되어 사라지는 가디언을 바라보았다. 연기로 변해 사라지는 가디언의 얼굴은 고통과 슬픔으로 일

그려져 있었다.

성준은 너무 많은 정보를 주는 자신의 능력에 짜증이 났다.

성준의 옆으로 수리가 다가왔다. 성준이 수리에게 말했다.

"이렇게 인간과 닮은 약한 지성체를 학살했는데 정신적인 충격이 전혀 없어. 퀸차이를 벨 때도 느꼈는데 확실히 정신이 변한 것 같아. 하지만 역시 기분은 더럽군."

"괴물들은 우리를 검투사로 만들기를 원했어요. 계속해서 싸워나가 자신들의 능력을 성장시킬 검투사로요. 이곳은 콜로세움이지요."

수리는 성준을 향해 흡수되고 있는 검은 연기를 보고 말했다.

"그리고 쓸모없어진 검투사들은 폐기시킨다는 말이지……."

수리는 고개를 끄덕였다. 성준은 검을 소환 해제시키면서 말했다.

"그럼 하루빨리 주최자를 찾아내서 검투사의 반란을 일으켜야겠군. 정말 기분이 더러워."

수리는 일행을 향해 걸어가는 성준의 뒷모습을 바라보았다. 퀸차이를 베어버린 후부터 성준이 조금 거칠어진 것 같았다. 수리는 이것이 좋은 현상인지 나쁜 현상인지 알 수가 없었다.

일행은 성준의 표정이 좋지 않은 것을 보고 걱정했다.

하은이 다가와서 성준에게 말을 붙였고, 보람도 걱정스러운 표정으로 성준을 보았다. 성준은 곧 기분을 풀었다. 군대에서 이미 한번 경험한 일이다. 새삼스럽지도 않았다.

성준은 일행에게 말했다.

"앞으로 인간형 몬스터들이 나올 겁니다. 모두 정신을 바짝 차리세요."

성준 자신도 이제 나오는 모든 가디언을 몬스터로 생각하기로 각오했다.

일행이 좀 더 전진하자 멀리 숲에서 많은 수의 실바족 가디언이 보이기 시작했다. 좀 전의 그놈들은 척후병인 모양이었다.

성준은 감각을 활성화해서 주변 전체를 시야에 두었다. 그러자 상세한 정보가 들어오기 시작했다.

―숨어 있는 인원 포함, 70 이상 예상.
―일반 실바족과 다른 모습의 실바족 네 개체 존재.
―명령 체계를 확실히 갖추고 있음. 진형이 존재.

성준은 다른 모습의 실바족을 보았다. 일반 실바족 가디언들과는 다르게 온몸에 여러 가지 색으로 칠이 되어 있고 팔에는 고리가 여러 개 끼워져 있었다.

성준은 영기분석을 사용해서 그 가디언을 확인했다.

―숲 적응형 가디언.
―1등급.
―실바족, 주술사.
―강점: 주술과 통솔 사용.
―약점: 방어가 약함.
―마스터: XXX.
―긴장.
―대상 마스터의 능력에 의해 정보가 일부분 제한됩니다.

주술사의 능력이 무엇인지 알 수 없는 지금은 우선 최대한 방어해야 할 것 같았다.

"앞에 주술을 사용하는 몬스터 네 마리! 어떤 공격을 해올지 모르니 최대한 방어를!"

성준의 말에 보람은 손을 앞으로 내밀었다. 손에서 커다란 물방울이 튀어나와 손 위에서 튀어나가려는 듯이 바르르 떨렸다.

그리고 재식은 방패 능력을 사용할 준비를 했다.

일행 앞에서 주술 가디언들이 양팔을 옆으로 펴고 무어라 중얼거리기 시작했다. 성준은 무슨 말인지 거리가 멀어 알 수가 없었다.

정 교관이 심상치 않은 적의 모습에 색이 칠해진 가디언들을 향하여 활을 쏘도록 지시했다.

슈우우우!

폭발과 관통 화살을 포함한 여러 개의 화살이 주문을 외우는 가디언들을 향하여 날아갔다. 그리고 그 날아가는 화살들 앞으로 일반 가디언들이 뛰어들었다.

쾅! 펑!

화살에 맞은 가디언들은 터지고 날아가고 쓰러지고 엉망이었다. 하지만 그 가디언들 덕분에 주술사 가디언은 주문을 마칠 수 있었다.

가디언들이 주문을 마치자 양손에서 검은 영기가 뿜어져 나와 모든 가디언에게 스며들었다. 그러자 가디언들의 몸이 커지기 시작했다.

그리고 결국 어린아이 같던 가디언들은 성인 남자보다 더 큰 근육질의 모습으로 변했다. 그리고 검은 영기를 다 내뿜은 가디언들은 땅바닥에 무릎을 꿇고 쓰러졌다.

뒤에서 다희가 혼잣말을 했다.

"체력 버프인가 봐."

미리가 활을 당겨 제일 앞에 있는 실바족 가디언에게 날렸다.

펙!

화살은 가디언에게 박혔고, 가디언은 마비로 고개를 숙였다. 미리가 모두에게 소리쳤다.

"2레벨보다는 조금 약해요!"

성준은 고개를 끄덕이고 정 교관을 바라보았다. 정 교관이 모두에게 소리쳤다.

"공격!"

성준의 옆으로 화살이 날아가기 시작했다. 성준은 수리와 함께 앞으로 달려나갔다.

가디언들은 눈앞으로 화살이 날아오자 재빨리 몸을 숙였다. 하지만 화살의 속도는 가디언들보다 빨랐다.

화살은 전면에 있는 가디언들에게 명중했다. 그중 몇 마리는 잠들고, 성준의 정면에 있던 가디언은 폭발에 튕겨 나가고, 그 옆의 가디언은 가슴에 구멍이 뚫려 쓰러졌다.

성준과 수리는 화살 공격으로 빈 공간이 된 지역으로 뛰어들었다. 성준은 검에 절단강화를 걸고 주위의 가디언을 공격하기 시작했다.

성준의 검은 폭풍 같았다. 그의 검은 창으로 막는 가디언마

저도 창과 함께 절단해 버렸다.

수리는 가디언들 사이를 지나가면서 검을 슬쩍슬쩍 휘둘렀다. 수리가 지나간 자리에서는 가디언들 관절에서 피가 솟구쳐 올랐다.

가디언들의 중앙이 성준과 수리에 의해 붕괴되고 있을 때 양옆의 가디언들에게는 하늘에서 얼음 조각이 쏟아졌다. 보람과 마리아의 합작이었다.

가디언들은 얼음 조각의 공격에 바로 피투성이가 되었다. 그리고 그들에게 호영과 정 교관이 들이닥쳤다.

성준과 수리는 정면을 완전히 붕괴시키고 뒤에서 기운을 회복하고 있는 주술자들마저 모두 연기로 만들어 버렸다. 마지막 주술사에 검을 꽂은 후 성준은 뒤를 돌아보았다.

정 교관과 호영이 가디언들을 상대로 날뛰고 있었다. 정 교관은 자신의 창에 능력을 씌워 몬스터들에 가격했고, 몬스터들은 가격당한 곳이 움푹 파이면서 뒤로 튕겨 나갔다. 튕겨 나간 몬스터들은 모두 연기로 변했다.

호영은 양손으로 가디언들을 향해 나무를 쏘아 보냈다. 나무들은 몬스터와 충돌해서 날려 버렸다. 그동안 강한 적들과의 싸움에 도움이 안 된 것을 이 자리에서 풀어버리는 모양이었다.

몬스터들은 이미 보람의 얼음 공격에 큰 피해를 입은 상황이었다. 그나마 가끔 던지는 몬스터의 창은 재식의 방패 능력에 모두 막혀 버렸다.

수리가 성준의 옆에서 일행을 보며 말했다.

"모두 정말 강해졌네요."

성준이 수리를 보고 말했다.

"그럼 지금 상태로 3레벨 엘리트 몬스터를 상대할 수 있을 것 같아?"

수리는 성준의 말에 고개를 갸우뚱했다. 애매한 모양이었다. 성준은 수리의 표정에 고개를 끄덕였다.

"아직은 위험한 모양이군. 이번엔 3레벨 엘리트 몬스터를 만나면 피해야겠어."

성준의 말에 수리는 고개를 끄덕였다.

일행은 가디언들을 전멸시켰다. 성준처럼 일행도 살해에 대한 충격은 없는 모양이었지만 표정은 안 좋았다. 수리가 일행의 표정을 보고 앞으로 나섰다.

"지금 우리를 공격한 것은 지성체도, 생명체도 아니에요. 모두 괴물들이 영기로 만든 몬스터일 뿐이에요. 인간처럼 생겼다고 걱정하지 마세요. 단지 몬스터일 뿐이니까요."

수리는 모두들 둘러보면서 말을 마쳤다. 그리고 뒤로 돌아서면서 입 모양으로 아무에게도 하지 못한 말을 했다.

'나처럼이요.'

수리의 슬픈 혼잣말은 성준만이 감각으로 알아차릴 수 있었다. 성준은 앞장서서 걷고 있는 수리를 보고 한 가지 결심을 했다.

일행이 가디언들을 전멸시키고 호수에 도착할 동안 다른 몬스터의 공격은 없었다. 그 지역은 그 가디언들의 영역이었던 모양이다. 좀 더 찾아다녔으면 가디언들의 거주 지역을 보았을지도 몰랐다.

일행은 숲을 벗어나자 보이는 거대한 호수의 모습에 경탄했다. 2레벨 던전에서 보던 작은 호수가 아니었다.

일행은 조심스럽게 호숫가로 다가가기 시작했다. 어느 정도 다가가자 성준은 일행을 멈추어 세웠다.

그러자 일행의 앞쪽 호숫가에서 물결이 일어나기 시작했다. 일행은 모두 긴장하고 무기를 전방을 향해 겨누었다.

그리고 물에서 기다란 은빛 기둥이 올라왔다.

성준은 바로 정보를 확인했다.

—산악 지형 호수 생물 실험체 각성 버전.

—2등급.

—산악 지형 테스트를 위해 제조.

—특이 능력 각성: 물 이용.

—*강점: 자유로운 물 공격.*

—*단점: 지상에 나오면 공격력을 거의 상실한다.*

—*호기심.*

　전에 본 은색의 거대한 2레벨 물뱀 엘리트 몬스터였다. 그때도 영기회복석을 구하려다가 이놈을 만났다.

　성준은 일행을 둘러보았다. 모두 긴장했지만 할 만하다는 분위기였다. 성준도 고개를 끄덕였다. 자신도 동료들도 그때보다 훨씬 강해졌다.

　성준은 입을 열어 공격 명령을 내리려고 했다. 그때 감각에 다른 것들이 걸리기 시작했다.

　성준은 인상을 쓰면서 일행을 조심스럽게 뒤로 물러나게 했다.

　성준 일행을 바라보고 있는 거대한 물뱀 뒤로 물결이 일어나더니 또 다른 물뱀이 솟구쳐 올랐다. 그리고 그 뒤에 또 한 마리, 두 마리 계속 솟구쳐 올랐다.

　그렇게 수십 마리의 2레벨 몬스터가 물에서 나오고 나자 잠시 뒤 호수의 중앙에서 2레벨 엘리트 몬스터의 몇 배나 큰 기둥이 솟구쳐 올랐다. 한참 동안 물을 가르면서 솟구친 몬스터는 결국 몸 전체가 물 밖으로 나왔다.

　공중에 떠오른 것이다.

성준은 식은땀을 흘리면서 몬스터의 정보를 보았다.

—산악 지형 호수 생물 실험체 각성 버전.

—3등급.

—산악 지형 테스트를 위해 제조.

—특이 능력 각성: 물 계열 이용, 비행.

—강점: 자유로운 물 계열의 공격, 비행 가능.

—단점: 물이 적은 지역으로 움직이기 싫어함.

—관심.

성준은 손을 움직이면서 슬금슬금 뒤로 물러섰다. 던전의 호수는 완전히 지뢰밭이었다. 영기회복석으로 사람을 꼬시고 접근하면 몬스터의 둥지였다.

성준과 일행은 조용히 숲으로 들어갔다. 다행히 몬스터들은 일행을 바라보기만 할 뿐 움직이지 않았다. 일행은 숲의 경계선을 타고 호수의 상류 쪽으로 움직이기 시작했다.

그 모습을 빤히 보던 보스 몬스터는 시선을 다른 몬스터에게 보냈다. 그러자 몇 마리의 2레벨 엘리트 몬스터가 상류 쪽으로 일행을 추적하기 시작했다.

상류 쪽으로 움직이기 시작한 몬스터를 제외한 몬스터들은 조용히 물속으로 들어갔다.

몬스터들이 모두 물속으로 들어가자 3레벨 엘리트 몬스터
도 물속으로 잠겨들었다.

일행은 호수와 숲의 경계 지역에서 몸을 낮추고 상류를 향
해 움직이고 있었다. 몬스터들이 모두 사라진 호수는 조용했
다. 단지 멀리서 몇 개의 물결이 조용히 상류를 향해 움직이
고 있었다.

성준은 감각을 활성화해서 주변을 감시하다 멀리 호수 쪽
에서 일행을 따라오는 물결을 느꼈다.

'기분 나쁜 느낌은 없는데… 감시인가?'

성준은 일행을 상류 쪽으로 인도하면서 고민했다. 이대로
다시 숲으로 들어가기에는 위험이 컸다. 우선 이대로 상류로
올라가면서 상황을 보기로 했다.

일행은 호숫가에서 조금 떨어진 숲과 호수의 경계를 따라
계속 움직였다.

주위는 조용했다. 간간이 바람이 불어 기분은 나쁘지 않았
다. 위험만 없으면 좋은 휴양지가 될 것 같았다.

일행은 어느 정도 긴장이 풀리기 시작했다. 성준도 일행을
따라오는 감시자들에게 적대감이 없는 것을 파악하고 주의만
기울이기로 했다.

그들의 처지에서 생각해 보면 성준의 일행은 몬스터의 영

역을 침범한 침입자일 뿐이었다.

잠시 생각하다가 성준은 고개를 흔들었다. 어차피 만들어진 것들이다. 그런 생각을 할 필요가 없었다.

"생각이 많아 보여요."

성준은 옆에서 들리는 소리에 흠칫했다. 수리도 가디언이었다. 성준은 한숨을 내쉬었다. 끝도 없이 빙빙 도는 이야기였다. 그냥 군대에서처럼 적과 아군으로 나누는 편이 제일 좋은 것 같았다.

"그냥… 뒤에서 계속 쫓아오는 몬스터들이 신경이 쓰여서."

수리는 호수 쪽을 바라보다가 성준에게 이야기했다.

"가디언이나 몬스터는 기본적으로 살아 있을 때의 습성에 따라서 움직여요. 무조건 공격하는 몬스터도 있고 지금처럼 관찰하는 몬스터도 있지요. 물론 괴물들의 명령을 우선하지만요."

성준은 수리의 말에 고개를 끄덕였다. 여태 던전을 지나오면서 다양한 몬스터들을 만났다. 이 몬스터들처럼 선제공격을 하지 않는 몬스터도 만난 적이 있었다.

계속해서 움직이던 일행은 결국 호수와 이어져 있는 강에 도착할 수 있었다. 강은 그리 폭이 넓지 않았다.

성준은 혹시 영기회복석을 얻을 수 있을지 모른다는 생각에 강 쪽을 바라보았지만, 강 중앙에서 움직이는 몇 개의 물결에 바로 포기했다. 이제 강폭이 좁아 일행도 모두 눈치채고 말았다.

성준은 주위를 둘러보고 이곳에서 식사를 하기로 했다. 앞으로의 상황을 모르기에 우선 체력을 회복해야 했다.

일행은 성준의 말에 모두 바로 그 자리에 앉아 쉬었다. 긴장한 채 한참을 움직여서 모두 피곤한 것이다.

성준은 모두 지쳐서 늘어져 있는 모습을 보고 주위를 확인했다. 그리고 제일 높은 나무를 찾았다. 성준은 수리와 정 교관에게 일행을 부탁하고 바로 올라가기 시작했다.

이제 나무를 올라가는 성준의 모습은 그 어떤 나무를 타는 동물보다 빨랐다. 나무에 붙어서 쭉쭉 올라가면서 가지를 부드럽게 피하고 미는 모습은 정말 대단했다.

"스파이더맨보다 더 잘 타는 것 같아."

성준의 나무 타는 모습을 보면서 헤라가 말했다. 옆에서 다희가 그 말에 맞장구를 쳤다.

"흠. 허공을 뛰어다닐 수도 있다는 점에서 스파이더맨보다는 강하고 슈퍼맨보다는 약할걸? 허공답보는 가능하고 육지 비행은 못하니 화경 초입 정도일까? 4서클 정도의 마검사일지도. 음음."

다희의 말에 헤라가 어이없다는 눈으로 다희를 바라보았

다. 헤라는 다희가 무슨 소리를 하는지 알 수가 없었다.

"몰라도 돼. 대충 꽤 강하다고만 알면 돼."

다희는 웃으며 헤라에게 손을 흔들고 식사를 준비하는 곳으로 갔다.

성준은 나무 위에 올라서서 멀리 바라보았다. 끝없이 숲이 이어져 있고 저 멀리 산맥 비슷한 것도 보였다.

그는 이 던전의 크기에 질려 버렸다. 이 정도면 수도권 전체가 다 들어갈 수 있을 것 같았다.

"맙소사! 4레벨 던전은 얼마나 크러나."

성준은 이번에는 자신들이 가고 있는 강의 상류를 바라보았다. 그리고 표정이 굳어졌다. 아주 멀리 강을 끼고 있는 큰 마을 같은 것이 보였다.

귀환자가 되어 강화된 눈은 멀리 있는 그 모습을 확실히 볼 수 있었다. 마을은 마치 작은 요새 같은 모습이었다.

성준은 위를 올려다보았다. 확실했다. 빛이 뿜어져 나오는 던전의 중심과 마을의 위치가 일치했다. 3레벨 던전은 2레벨 던전과 귀환하는 방식이 다른 모양이었다.

성준은 마을을 다시 한 번 확인한 후 다시 밑으로 내려갔다.

일행은 아직 식사를 하지 않고 성준을 기다리고 있었다. 성준은 수리가 가져다준 식사를 하고 위에서 정찰한 모습을 설명했다.

"3레벨부터는 던전마다 조금씩 달라요. 가디언이 지키는 귀환 지점이 있는가 하면 엘리트 몬스터의 둥지가 있기도 해요."

수리의 말에 모두 인상을 썼다. 갈수록 난이도가 올라가는 느낌이었다.

성준은 모두에게 말했다.

"어차피 집에 돌아가려면 방법이 없습니다. 조금 쉬고 출발합시다. 마을 앞에서 정찰 후 작전을 짜도록 합시다."

성준 말의 모두 다시 힘을 냈다. 한 번도 쉽게 이겨낸 던전은 없었다. 이번에도 무사히 돌아갈 수 있을 것이다.

일행은 조용히 행군을 시작했다. 다들 말없이 앞으로 이동했다.

성준은 이동하면서 인상을 썼다. 가디언들과의 전투도 걱정이지만 강에서 따라오는 엘리트 몬스터들도 걱정이었다.

이동하던 일행은 멀리서 숲을 이동하고 있는 사람처럼 보이는 몬스터들을 발견할 수 있었다. 가디언인 것 같았다.

성준은 가디언들을 보고 모두에게 신호했다. 일행은 모두 풀숲에 엎드렸다.

가디언은 키 작은 성인의 모습이었다. 단지 사람하고 다른 점은 몸에 털이 없고 두 눈이 엄청나게 컸다. 그리고 다들 매우 마른 모습이었다. 대신 몸 자체는 상당히 탄탄한 느낌이 들었다.

양손에 창과 방패를 든 세 명의 가디언은 몸을 낮추고 움직이고 있었다. 그들은 모두 알몸이었는데 상체에 몇 가지 패턴의 색이 칠해져 있었다.

성준은 가디언의 정보를 확인했다.

—숲 적응형 가디언.

—2등급.

—실바족, 전사형.

—강점: 빠른 움직임.

—약점: 방어가 약함.

—마스터: XXX.

—경계.

—대상의 마스터 능력에 의해 정보가 일부분 제한됩니다.

영기분석으로는 전사들이 2등급으로 분류되는 모양이었다. 그럼 2등급의 주술사도 있을 터였다.

성준은 우선 정찰을 나온 가디언들을 제거하기로 했다. 성준은 정 교관에게 손짓으로 지시했다.

정 교관은 성준을 보더니 여고생들에게 지시했다.

그녀들은 자신의 화살통에서 화살을 하나 꺼내서 화살촉을 입에 물었다가 다시 뺐다. 그리고 한쪽 무릎을 꿇고 각각 자신이 맡은 표적을 향해 시위를 당겼다.

시위가 최대한 당겨지고 세 명의 호흡이 멈추었다. 그리고 동시에 화살을 발사했다.

슈우욱!

퍼퍼퍽!

화살은 가디언들의 머리에 정확하게 박혀 머리를 뚫고 뒤로 빠져나왔다. 그리고 가디언들은 쓰러질 새도 없이 모두 그 자리에서 검은 연기로 변했다.

2레벨의 거의 끝까지 올린 성장치의 파괴력이었다.

이후 한 차례 더 세 명의 가디언을 만났지만 모두 미리와 친구들의 화살에 연기가 되어 사라졌다.

헤라가 미리에게 엄지를 치켜세우자 미리는 어깨를 으쓱거렸다.

좀 더 전진하니 전방의 나무들 위로 연기가 몇 가닥 올라가는 것이 보였다. 마을 방향이었다.

성준은 앞에서 나는 기척에 일행의 자세를 낮추도록 했다.

주위의 수풀이 높아서 몸을 낮추면 충분히 숨는 것이 가능했다.

당연하게도 상대의 모습도 수풀 때문에 잘 보이지 않았다. 성준의 감각이 없었으면 벌써 들키고 말았을 것이다.

수풀 사이로 머리가 보이기 시작했다. 다섯 명이다. 정 교관은 다희와 헤라도 능력 사용을 하지 않고 쇠뇌로 공격하도록 지시했다.

그리고 잠시 뒤, 정 교관의 손짓에 맞추어 모든 화살이 가디언들을 향하여 날아갔다.

슈수우욱!

딱!

다른 화살은 모두 가디언들에게 명중했지만, 헤라의 화살은 방패에 막히고 말았다.

헤라의 얼굴이 빨개졌다. 역시 헤라는 명중률이 떨어졌다.

살아남은 가디언이 어리둥절하다가 바로 방패로 앞을 막고 고개를 들었다. 소리를 지르려는 모양이었다.

하지만 이미 가디언의 뒤쪽으로 흙이 솟구쳐 올라와 있었다. 그리고 가디언이 입을 벌리는 순간 가디언의 목에 금이 그어졌다.

"커억!"

"미안해요."

흙과 동화되어 있던 미영은 자신의 모습으로 돌아오면서 가디언에게 사과했다. 그리고 피가 튀지 않게 뒤로 물러섰다.

목에서 피를 사방으로 뿌리던 가디언은 바닥에 피가 떨어지기도 전에 검은 연기가 되어 사라졌다. 주변에 뿌려지던 피도 모두 사라져서 이 자리에 가디언이 있었다는 흔적은 남아 있지 않았다.

이 가디언들이 이 지역의 마지막 정찰병인 모양이었다. 일행이 좀 더 앞으로 나아가자 일행의 앞에 넓게 펼쳐진 풀밭이 보였고, 그 앞에 나무 방책으로 둘러싸인 마을이 보였다.

일행은 모두 마지막 나무들 뒤에 숨어 마을을 관찰했다.

나무 방책 사이로 보이는 마을은 영화에서 보아온 중세의 마을 같은 분위기였다. 마을은 나무 방책으로 빙 둘러싸여 있었고, 마을 사방으로 높은 망루가 세워져 있었다.

망루 위에는 아까 본 전사들이 올라가서 사방을 살피고 있었다.

그리고 마을에는 작은 1레벨 가디언들 사이로 그보다 훨씬 작은 가디언들이 뛰어놀고 있었다. 아이들이었다.

"제길! 아이들은 왜 있는 거야."

성준은 마을의 모습을 보고 인상을 찡그렸다.

"단지 그냥 재현해 놓았을 뿐이에요. 잘 보세요."

수리의 말에 성준이 좀 더 자세히 마을을 보니 이상한 점이 보였다. 마을을 지나다니는 가디언들의 움직임이 일정한 패턴으로 반복되었다.

아이들이 뛰어놀다 부모가 찾아와서 데려가고, 잠시 뒤 다시 아이가 밖으로 나와 또 놀았다. 광장을 한 바퀴 돌고 집에 들어갔던 가디언이 다시 나와 광장을 돌았다.

"일정 시간마다 상황이 반복되는 거예요. 외부의 자극이 없으면 계속되겠죠."

성준은 수리의 말에 한숨을 내쉬었다. 가디언들이 인형처럼 움직이는 모습을 바라보는 수리의 모습이 무척이나 슬퍼 보였다.

성준은 표정을 굳히고 일행을 돌아보았다.

"우리는 집으로 돌아가야 합니다. 저들은 수리의 말처럼 인형이자 몬스터입니다. 마음을 단단히 합시다."

모두 굳은 표정으로 고개를 끄덕였다.

우선 안의 모습을 정찰해야 했다. 성준은 일행을 둘러보았는데, 당연히 이 일행 중 그것이 가능한 것은 미영밖에 없었다.

걱정스럽게 바라보는 호영에게 미소를 지어 보이고 미영

은 바닥으로 사라졌다.

"미영 씨가 돌아올 때까지 모두 좀 쉬도록 하죠. 제가 주위는 계속 감시하고 있겠습니다."

성준의 말에 모두 자리에 앉아서 휴식을 취했다. 성준은 나무에 기대서 감각을 활성화했다. 아직은 큰 이상이 없었다.

성준에게 수리가 다가왔다.

"시간이 많이 지나면 정찰병들이 사라졌다는 것을 알게 될 거예요. 그럼 평화로운 모습이 완전히 바뀌게 되겠죠."

성준은 수리의 말에 고개를 끄덕였다. 하지만 우선 미영을 기다리는 것이 먼저였다.

그는 그렇게 주위를 보다 마을 옆을 흐르고 있는 강을 바라보았다. 강 한가운데 몇 개의 물결이 보이고 있었다.

저 몬스터들이 왜 계속 자신들을 따라오는지 알 수가 없었다.

잠시 뒤 마을 쪽에서 소란이 일어났다.

성준은 미영이 걱정돼서 마을을 바라보고 있었다. 잠시 뒤 다행히 일행 사이의 땅에서 미영이 솟구쳤다. 미영의 얼굴은 하얗게 질려 있고 식은땀을 흘리고 있었다.

호영이 깜짝 놀라 미영에게 달려갔다.

미영은 오히려 호영을 안심시킨 후 성준에게 말했다.

"마을의 가운데에 광장이 있고, 그 가운데에서 2레벨 던전에서 본 귀환 기둥이 있던 건물과 같은 형태의 건물을 보았어요. 건물은 그때보다 상당히 작았는데 작은 집 정도였어요."

미영은 계속 말했다.

"좀 더 확인하려고 땅을 통해 광장을 지나가는데 저를 향해서 창이 날아왔어요. 깜짝 놀라 동화를 풀고 겨우 피했어요. 창은 건물 지붕에 서 있는 사람에게서 날아왔는데 제가 광장을 벗어나니까 더는 쫓지 않았어요."

미영은 광장을 벗어나자 다시 동화를 걸어서 빠져나왔다고 했다. 미영의 모습이 보이자 반복되던 사람들의 움직임이 호전적으로 변했다고 한다. 동화 덕분에 겨우 빠져나온 모양이었다.

땡땡땡!

마을 쪽에서 종을 치는 듯한 소리가 들리기 시작했다. 그리고 숲의 사방에서 호응하는 듯한 낯선 새소리가 들리기 시작했다.

미영의 얼굴이 더욱 창백해졌다.

"미안해요. 저 때문에 다 들킨 것 같아요."

호영이 미영을 꼭 껴안았다. 성준이 고개를 흔들었다.

"아니에요. 어차피 한 번 싸우긴 해야 했어요. 목표를 확인하는 것이 더 중요해요."

성준은 미영을 기다리는 동안 안쪽으로 진입할 방법을 고민했다. 그리고 하나의 방법이 생각났다. 이제 시행해 볼 때였다.

그는 일행에게 자신이 생각한 방법을 이야기했다. 정 교관과 수리는 가능성이 있다고 이야기했다. 그러자 성준은 일행에게 지시했다.

"모두 강 쪽으로 이동합니다!"

성준은 일행을 이끌고 숨어 있던 나무들 사이에서 빠져나와 마을과 숲 사이에 있는 넓은 풀밭을 대각선으로 지나가기 시작했다. 일행의 목표는 마을 옆을 흐르는 강이었다.

땡땡땡땡땡!

일행이 숲을 빠져나오자 종소리가 급해지기 시작했다. 그리고 사방에서 들려오던 새소리도 일행의 방향으로 움직이기 시작했다.

일행은 전속력으로 강을 향해 달렸다. 달리는 성준의 눈에 강 중앙의 물결이 보였다.

그리고 일행이 절반 정도 달려가자 마을의 중앙 나무문이 열리기 시작했다. 그리고 숲에서 나오는 가디언들의 모습이 보이기 시작했다.

나무문 사이에서 가디언들이 달려나오기 시작했다. 모두 2레벨의 전사들이었다. 숲에서 나오는 가디언들과 마을에서 쏟아져 나오는 가디언들은 모두 성준의 방향으로 달리기 시작했다.

마을에서 나오는 가디언들 사이로 온몸에 화려한 색으로 칠을 한 가디언들도 보였다. 이 가디언들은 전에 본 작은 가디언들이 아니라 전사들처럼 큰 덩치의 가디언들이었다. 아마도 2레벨 주술사 가디언인 모양이었다.

성준과 일행은 어느덧 강가에 도착할 수 있었다. 일행은 호수를 등지고 진형을 갖추었다. 그리고 몰려오는 가디언들을 바라보았다.

가디언들의 숫자가 계속 늘어나고 있었다. 적어도 백은 가볍게 넘는 수였다.

몰려오는 인원에 질린 헤라가 성준에게 소리쳤다.

"조합장님, 계획대로 되어야 해요! 난 하와이 집에 가보지도 못했어요!"

헤라의 말에 수리가 검을 고쳐 쥐고 소리쳤다.

"주인님을 믿어요!"

성준은 이야기들을 뒤로 흘리고 감각을 최대한으로 올렸다. 아직까진 예상대로의 반응이었다.

정 교관이 소리쳤다.

"재식, 방어!"

재식이 거대하고 반투명한 방패를 일행의 앞에 펼쳤다. 그리고 일행은 자신의 무기를 모두 앞으로 향했다. 모두 자세를 갖추자 보람이 두 손을 위로 들어 올렸다.

들어 올린 보람의 두 손에서 물줄기가 솟아오르더니 뒤로 날아갔다. 그리고 물줄기는 강과 연결되었다.

강의 물이 출렁거리기 시작했다.

달려오면서 강물이 크게 출렁거리는 모습을 본 가디언들은 달리다가 모두 그 자리에 멈추어 섰다.

"야앗!"

보람은 주위 상황을 전혀 모른 채 기합까지 주면서 온몸에 힘을 주었다. 그러자 강의 중심에서 물이 회오리치기 시작했다. 시간이 지나자 회오리는 점점 커지더니 어느새 강의 중심에 바닥이 보일 정도로 큰 구멍을 만들어 버렸다.

가디언들의 눈이 모두 강의 중앙으로 향했다. 그곳에는 세 마리의 2레벨 엘리트 몬스터가 어리둥절한 채로 강가를 바라보고 있었다.

"좀 더 버텨줘!"

성준이 힘든 기색이 역력한 보람에게 부탁하자 보람은 영기회복석을 하나 입에 넣고 계속해서 힘을 주었다.

"영역을 침범당했다! 녀석들에게 본때를 보여라!"

강 가운데를 보며 잠시 웅성거리던 가디언들은 요란한 색으로 온몸을 칠한 주술사의 말에 모두 창을 들어 앞으로 던졌다. 백이 넘는 창이 하늘을 날았다.

전사들의 강한 힘에 창들은 일행을 지나 엘리트 몬스터들에게 쏟아졌다.

"캬악!"

느닷없이 당한 공격에 몬스터들은 화가 머리끝까지 났다.

물 방패로 방어는 했지만 너무나 많은 숫자였다. 몸의 여러 곳을 찔린 몬스터들은 강가를 향해 움직이면서 몸 주위에 물덩어리를 만들기 시작했다.

성준이 그때 모두에게 소리쳤다.

"모두 숲으로 달려!"

일행은 모두 강을 옆으로 끼고 숲을 향해 달리기 시작했다. 성준은 지쳐 쓰러진 보람을 둘러업고 일행과 함께 달렸다. 보람이 쓰러지자 강의 물은 다시 원래대로 돌아갔다.

몬스터와 가디언의 전투 사이를 빠져나오는 데 성공한 일행은 계속해서 달렸다. 일행의 뒤에는 2레벨 엘리트 몬스터들과 가디언들의 전투가 벌어지고 있었다.

일행이 숲으로 도망치는 것은 아무도 신경 쓰지 않았다.

엘리트 몬스터들은 자신의 앞에 모인 가디언들을 향해 물 덩어리들을 쏘아 보내기 시작했다. 가디언들은 물 덩어리를 맞고 사방으로 날아갔다. 마치 포탄에 맞은 병사들의 모습이었다.

몬스터들도 성치는 않았다. 창에 찔려 몸 곳곳에서 피를 흘리고 있었다. 창의 숫자가 많아 방패로 다 막을 수 없는 상태였다.

그때 주술사들이 나섰다. 주술사들의 손에서 검은 연기가 뿜어지더니 가디언들의 몸에 흡수되었다. 가디언들의 몸에서 희미한 빛이 나기 시작했다.

빛이 나는 것은 가디언들의 몸만이 아니었다. 가디언들이 들고 있는 창에서도 약한 빛이 보이기 시작했다. 그리고 빛나는 창들은 엘리트 몬스터를 향해 쏘아졌다.

성준과 일행은 숲에 돌입해서 숲과 공터의 경계를 타고 달렸다. 그리고 일행의 위치가 정문과 수직이 되자 다시 공터로 뛰어나왔다.

이제 일행은 마을의 열린 나무문을 향해 달려갔다. 다행히 보람도 정신을 차려서 같이 달렸다.

나무문에서 몇 명의 가디언이 창을 들고 막아섰지만 다희의 쇠뇌 공격에 날아가 버렸다. 일행은 멈추지 않고 마을에

돌입했다.

"광장까지 직진이에요!"

미영의 말에 모두 앞을 바라보고 달렸다. 성준은 사방에 감각을 뿌려 위험 요소를 확인하고 있었다. 다행히 몬스터와의 전투에 정신이 없는지 일행을 신경 쓰는 가디언은 없었다.

문 닫힌 집의 창문으로 일행을 보는 어린 가디언이 성준의 눈에 보였다. 가디언의 슬퍼 보이는 눈을 성준은 애써 무시하면서 광장으로 달려갔다.

마을의 밖에서는 계속해서 커다란 폭음과 함께 가디언들의 함성이 들려왔다. 가디언들이 승리한 모양이었다.

이윽고 일행은 광장에 진입할 수 있었다. 그때 성준은 감각으로 강력한 공격을 느꼈다.

"방어!"

성준이 소리치자 재식이 바로 전면을 향해 방패 능력을 펼쳤다.

쾅!

방패 능력이 깨져 나가면서 일행을 향해 창이 날아왔다.

정 교관이 창 앞을 막아서며 날아오는 창을 향해 자신의 창을 휘둘렀다.

캉!

정 교관의 신기에 가까운 창술로 날아오는 창을 튕겨낼 수 있었다.

그때 전면에 보이는 하얀 작은 건물의 지붕에서 한 가디언이 몸을 일으켰다. 정보를 확인한 성준은 이를 악물고 능력을 사용해 몸을 날렸다.

—숲 적응형 가디언.

—3등급.

—실바족, 일족 최후의 용사.

—특이 능력: 영기 창술 2레벨, 타격 강화 2레벨, 방어 1레벨.

—약점: 정신적인 문제로 행동이 수동적임.

—마스터: XXX.

—외로움.

—대상의 마스터 능력에 의해 정보가 일부분 제한됩니다.

"건물로 진입해요!"

성준은 일행에게 소리치면서 가디언을 향해 검을 휘둘렀다. 성준의 검이 가디언의 창에 막혀 튕기면서 성준도 뒤로 튕겨 나갔다. 수리에게 배운 기술을 쓸 수도 없었다.

성준은 허공으로 튕겨 나가다 다시 공격하기 위해 허공에 발을 박차려고 했다. 하지만 성준은 전방을 보고 깜짝 놀라 손으로 허공을 후려갈겼다.

눈앞에 창과 함께 가디언이 들이닥친 것이다.

창은 성준의 얼굴 옆으로 지나갔고, 성준은 옆으로 날아가며 검을 휘둘렀다. 검이 가디언의 팔을 긁었으나 가는 선만 남기고 말았다. 가디언의 방어 능력이었다.

쾅!

성준이 식은땀을 흘리고 있을 때 건물 입구가 터져 나갔다. 다희의 공격이 문을 강타한 것이다. 건물은 다희의 공격에 거의 반파되었다.

건물 안에는 2레벨 때 본 기둥이 있었다. 미리가 달려가 글을 확인하고는 뒤를 향해 외쳤다.

"그냥 10초만 누르고 있으면 된대요!"

미리의 말에 정 교관이 소리쳤다.

"모두 저 가디언에게 공격을 날려!"

그 말에 일행은 무기를 들어 성준을 지나쳐서 광장 밖으로 튕겨져 나가는 가디언을 향해 조준했다.

그리고 하은이 성준에게 소리쳤다.

"시간이 없어요! 돌아와요!"

미리는 바로 문양에 손을 올렸고, 화살들은 가디언을 향해 날아갔다. 그리고 광장 밖의 건물과 충돌하는 가디언에게 화살이 내리꽂혔다.

쾅쾅!

건물은 커다란 폭음과 함께 먼지에 휩싸였다. 그리고 바로
연기를 뚫고 가디언이 튀어나와 일행을 향해 똑바로 날아갔
다.

"도대체 몇 미터를 뛰는 거야!"

혜라의 어이없어하는 소리에 모두 다시 장전하려 했지만
시간이 없었다. 일행 앞에서 보람과 재식이 방패를 만들기 시
작했다.

일행을 향해 날아가면서 창에 힘을 부여하기 시작하던
가디언은 자신의 눈앞에 불쑥 나타난 성준의 모습에 놀랐
다.

성준은 다시 한 번 있는 힘껏 검을 휘둘렀다.

"다시 날아가라!"

가디언은 쓴웃음을 지으면서 창으로 검을 막았고, 성준과
가디언은 서로 반대로 튕겨져 나갔다.

성준은 일행 쪽을 향해 날아가면서 소리쳤다.

"모두 건물로 들어가요!"

일행은 반쯤 반파된 건물 안으로 뛰어들었고, 성준도 튕겨
나가는 모습 그대로 건물 안으로 빨려들었다.

그리고 건물이 빛에 물들었다.

멀리서 3레벨 엘리트 몬스터의 괴성이 들려왔다. 2레벨 엘리트 몬스터의 죽음을 알고 날아오는 모양이었다.

하지만 건물 앞에 서 있던 가디언은 슬픈 표정으로 눈을 감았다. 다시 반복되는 시간이 시작되는 것이었다.

『몬스터홀』 5권에 계속…

용마검전

FANTASY FRONTIER SPIRIT

김재한 판타지 장편 소설

「폭염의 용제」, 「성운을 먹는 자」의 작가 김재한!
또다시 새로운 신화를 완성하다!

『용마검전』

사악한 용마족의 왕 아테인을 쓰러뜨리고
용마전쟁을 끝낸 용사 아젤!

그러나 그 대가로 받은 것은 죽음에 이르는 저주.
아젤은 저주를 풀기 위해 기나긴 잠에 빠져든다.

그로부터 220년 후……

긴 잠에서 깨어난 아젤이 본 것은
인간과 용마족이 더불어 살아가는 새로운 세상이었다.

Book Publishing CHUNGEORAM

유통이 아닌 자유추구~
WWW.chungeoram.com

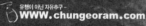